suhrkamp taschenbuch 2208

Der *Versuch über die Müdigkeit* aus dem Jahre 1989 endet am Rande einer andalusischen Stadt mit »einer Jukebox in Reichweite«. »Erzähl. Nein. Ein andermal, in einem Versuch über die Jukebox. Vielleicht.« Der so angekündigte Versuch wurde gegen Ende des Jahres 1989 in Kastilien geschrieben. Er erzählt in »Durchlaß-Formen« von den Erfahrungen Peter Handkes mit der fast verschwundenen Jukebox. Diese wird nicht »eingefangen«, sondern umkreist, umspielt – und führt gerade deshalb ins Zentrum der Erfahrungen Peter Handkes mit diesem Musikgerät. Dieses hat ihm in ganz unterschiedlichen Phasen seines Lebens – während des Studiums, in Alaska, aber auch in Japan, in Italien und in Salzburg – ein Gefühl der Freiheit vermittelt, es ließ ihn ruhig werden, sich sammeln, es weckte in ihm die Möglichkeitsbilder und bestärkte ihn in der Ausführung dieser Möglichkeiten. Diese sanfte und nachdrückliche Erzählung ist zugleich eine Erzählung über die Bedingungen des Schreibens am Ende des Jahres 1989, jener Phase der Geschichte, in der für Peter Handke die Menschheit, einmal, ihre Träume zu realisieren schien.
»Wie der Autor im fremden kastilischen Dezember den genius loci ertastet, wie er Erzählgegenwart konkretisiert und Erinnerung evoziert, wie er zwischen Ankunft und Eröffnung des Schreibens eine Poetologie des Erzählens entwickelt . . ., das ist einmalig in der zeitgenössischen Literatur.«

Paul Konrad Kurz, Rheinischer Merkur

Peter Handke, 1942 in Griffen (Kärnten) geboren, lebt bei Paris. Sein *Versuch über die Müdigkeit*, 1989 erstmals erschienen, liegt auch als suhrkamp taschenbuch 2146 vor. 1991 erschien der *Versuch über den geglückten Tag*. Das Werk von Peter Handke im Suhrkamp Verlag ist auf den Seiten 141 und 142 dieses Bandes verzeichnet.

Peter Handke
Versuch über die Jukebox

Erzählung

Suhrkamp

Umschlaggestaltung
unter Verwendung der ersten Manuskriptseite

suhrkamp taschenbuch 2208
Erste Auflage 1993

Druck: Ebner Ulm
Printed in Germany
Umschlag nach Entwürfen von
Willy Fleckhaus und Rolf Staudt

1 2 3 4 5 6 – 98 97 96 95 94 93

Versuch über die Jukebox

Dar tiempo al tiempo
(Spanische Redensart)

And I saw her standing there
(Lennon/McCartney)

In der Absicht, endlich den Anfang zu einem langgeplanten Versuch über die Jukebox zu machen, kaufte er am Busbahnhof von Burgos eine Fahrkarte nach Soria. Die Abfahrtsrampen waren in einem überdachten Innenhof; am Morgen, bei dem gleichzeitigen Aufbruch mehrerer Busse Richtung Madrid, Barcelona und Bilbao, waren sie noch bevölkert gewesen; jetzt, am frühen Nachmittag, stand allein der Bus nach Soria mit ein paar eher vereinzelten Passagieren und offenen, fast leeren Ladeluken in dem Halbkreis. Als er seinen Koffer dem draußen stehenden Fahrer, oder Schaffner?, übergab, sagte dieser »Soria!« und berührte ihn zugleich leicht an der Schulter. Der Reisende wollte noch etwas von der Örtlichkeit mitkriegen und ging bis zum Anlassen des Motors auf dem Bahnsteig auf und ab. Die Losverkäuferin, die seit dem Morgen durch das Gedränge zigeunert war, ließ sich in der Leere nicht mehr blicken; er stellte sie sich bei der Mahlzeit irgendwo neben der Markthalle von Burgos vor, auf dem Tisch ein Glas schwarzroten Weins und die Losbündel der Weihnachtslotterie. In dem Asphalt des Bahnsteigs war ein großer Rußfleck; der Auspuff eines inzwischen verschwundenen Busses mußte da lange hingeblasen haben, so dick war die schwarze Schicht, die gekreuzt wurde von den Spuren vieler verschiedener Schuhsohlen und Kofferräder: Auch er durchquerte nun diesen Fleck, eigens, um den Abdruck seiner Schuhe den anderen zuzufügen, so als könnte er damit für sein Vorhaben ein gutes Omen erzeugen. Das Seltsame daran war, daß er sich einerseits einredete, es handle sich bei jenem »Versuch über die Jukebox« um etwas Nebensächliches oder Beiläufiges, und daß er andererseits, wie üblich, angesichts des bevorstehenden Schreibens Beklommenheit empfand und unwillkürlich Zuflucht zu günstigen Vorbedeutungen und Winken suchte – wenn er diesen dann auch keinen Augenblick vertraute, sich das vielmehr, wie jetzt, auf der Stelle verbot, mit dem Sichvorhalten einer Bemerkung über den Abergläubischen aus den *Charakteren* des Theophrast, die er unterwegs gerade las: Der Aberglaube sei eine Art der Feigheit vor dem Göttlichen. Doch immerhin, die Abdrücke dieser vielfältigen Schuhsohlen da, samt wechselnden Markenzeichen, einander überlagernd, weiß auf schwarz, und jenseits des Rußkreises gleich wieder verschwunden, waren ein Bild, das er mitnehmen konnte auf die Weiterfahrt.

Auch daß er den »Versuch über die Jukebox« gerade in Soria angehen würde, war schon länger geplant gewesen.

Es war jetzt Anfang Dezember, und im Frühjahr zuvor war er während eines Flugs über Spanien auf einen Revuebericht von dieser abgelegenen Stadt im kastilischen Hochland gestoßen. Soria, durch seine Lage, fernab der Verkehrswege, seit geradezu einem Jahrtausend fast außerhalb der Geschichte, sei der stillste und verschwiegenste Ort der ganzen Halbinsel; es gäbe, im Stadtkern und auch außerhalb, alleinstehend im Ödland, mehrere Bauten, samt erhaltenen Plastiken, der Romanik; trotz ihrer Kleinheit sei die Stadt Soria eine Kapitale – die Hauptstadt der gleichnamigen Provinz; in Soria habe Anfang des 20. Jahrhunderts, als Französischlehrer, dann junger Ehemann, dann gleich schon Witwer, die Gegend in vielen Einzeldingen mit seinen Versen erscheinen lassend, der Dichter Antonio Machado gelebt; Soria, über tausend Meter hoch gelegen, werde an seinen Sockeln umflossen von dem hier sehr langsamen Oberlauf des Duero, an dessen Ufern – vorbei an den von Machado, wegen der Nachtigallen, *ruiseñores*, in ihrem dichten Geäst, »tönend« genannten Pappeln *(álamos cantadores)* und zwischen den immer wieder sich zu Canyons verengenden Felswänden – laut dem auch entsprechend illustrierten Bericht weite Wege hinaus in das Unberührte führten ...

Mit dem »Versuch über die Jukebox« hatte er vor, sich die Bedeutung dieses Dings in den verschiedenen Phasen seines nun schon lang nicht mehr jungen Lebens klarzumachen. Dabei hatte kaum einer von seinen Bekannten, die er in den letzten Monaten – als eine Art Marktforschungsspiel – danach gefragt hatte, mit dem Gerät etwas anzufangen gewußt. Die einen, unter ihnen freilich auch ein Priester, hatten nur die Achseln gezuckt und den Kopf darüber geschüttelt, daß derartiges überhaupt von Interesse sein

konnte, die anderen hielten die Jukebox für einen Flipper, wieder andere kannten nicht einmal das Wort und glaubten erst bei »Musicbox« oder »Musiktruhe« zu verstehen, was gemeint war. Gerade solche Unkenntnis und Gleichgültigkeit aber – nach der ersten Enttäuschung wieder einmal, daß nicht alle die ähnlichen Erlebnisse hatten wie er – reizten ihn um so mehr, sich auf den Gegenstand, oder den Vorwurf, einzulassen, zumal es schien, als sei die Zeit der Jukeboxen in den meisten Ländern und an den meisten Orten so ziemlich vorbei (auch war er selber vielleicht allmählich über das Alter hinaus, vor Automaten zu stehen und Tasten zu drücken).
Natürlich hatte er zuvor auch die sogenannte Literatur über Jukeboxen gelesen, freilich mit dem Vorsatz, das meiste davon auf der Stelle wieder zu vergessen; zählen beim Schreiben sollte vor allem der eigene Augenschein. Es gab dann

ohnedies nur wenig darüber, und das Hauptwerk war wohl, jedenfalls bisher, der 1984 in Des Moines weit weg im amerikanischen Mittelwesten erschienene *Complete Identification Guide to the Wurlitzer Jukeboxes*, Verfasser: Rick Botts. Was der Leser von der Geschichte der Jukebox behalten hatte, war schließlich ungefähr folgendes: Zur Zeit des Alkoholverbots im Amerika der zwanziger Jahre wurden in den Hintertür-Wirtshäusern, den »Speakeasies«, zum ersten Mal auch Musikautomaten aufgestellt. Unsicher die Herkunft des Wortes »Jukebox«, ob von »Jute« oder von dem Verb »to jook«, das afrikanischen Ursprungs sein sollte und »tanzen« hieß. Jedenfalls trafen sich seinerzeit die Schwarzen nach der Arbeit auf den Jutefeldern im Süden an den sogenannten »jute points« oder »juke points« und hörten dort aus den Musikautomaten für einen Nickel Billie Holiday, Jelly Roll

Morton, Louis Armstrong, welche von den Radiosendern, alle im Besitz der Weißen, nicht gespielt wurden. Das Goldene Zeitalter der Jukeboxen habe begonnen mit der Aufhebung des Alkoholverbots in den dreißiger Jahren, als überall Lokale entstanden; sogar in Geschäften wie Tabak- und Friseurläden gab es damals Plattenautomaten, wegen des Platzmangels dort nicht größer als die Kassen, neben diese auf die Theke postiert. Solche Blüte endete, fürs erste, dann mit dem Weltkrieg, als die Materialien der Jukeboxen, vor allem Plastik und Stahl, rationiert wurden. Holz ersetzte das Metall, und mitten im Krieg dann sei die Produktion völlig umgestellt worden auf Rüstung. So bauten die führenden Jukebox-Hersteller, Wurlitzer und Seeburg, damals Enteisungsanlagen für Flugzeuge und elektromechanische Teile. – Eine andere Geschichte war die der Form der Musicboxen: Durch sie sollten diese »aus der nicht immer farbenfrohen Umgebung« herausstechen. Der wichtigste Mann des Hauses war demnach der Entwerfer: Während bei Wurlitzer die Grundstruktur etwa der Rundbogen war, so verwendete Seeburg in der Regel Rechteckgehäuse mit Kuppeln obenauf, wobei es ein Gesetz zu sein schien, ein jedes neue Modell dürfe nur so weit das vorhergegangene abwandeln, daß dieses darin noch klar zu erkennen war; derart sei einmal eine besonders neuartige Jukebox in Gestalt eines Obelisken, obenauf statt eines Kopfes oder einer Flamme eine Schale mit dem Lautsprecher darin, aus dem die Musik hinauf zur Decke schallte, zum vollständigen Mißerfolg geworden. Varianten der Form kamen daher fast nur bei den von der Box ausgesendeten Lichtspielen und den Rahmenteilen in Frage: Pfau im Zentrum des Geräts, immerzu die Farben wechselnd; Plastikflächen, bisher einfach farbig, nun marmoriert; Zierleisten, bisher falsche Bronze, nun verchromt; Randbögen, neu in Gestalt durchsichtiger Leuchtröhren, ständig von großen und kleineren Wasserblasen durchwandert, »gezeichnet Paul Fuller« – wobei der Leser und Betrachter dieser Formengeschichte endlich auch den Namen von deren Hauptshelden erfuhr, und merkte, daß er den, schon seit dem ersten Staunen damals, irgendwann vor solch einem in den Regenbogenfarben strahlenden mächtigen Ding in irgendeinem finsteren Hinterzimmer, unbewußt hatte erfahren wollen.

Die Busfahrt von Burgos nach Soria ging ostwärts über die fast leere Meseta. Es war, als seien, trotz der vielen freien Plätze, in dem Bus mehr Leute versammelt als irgendwo draußen in dem ganzen kahlen Hochland. Der Himmel war grau und diesig, die wenigen Felder zwischen Felsen und Lehm lagen brach.

Ein junges Mädchen knackte und knabberte, wie sonst in den spanischen Kinos oder auf den Promenaden, mit ernstem Gesicht und träumerisch weiten Augen, ohne je einzuhalten, Sonnenblumenkerne, von denen zugleich ein Regen von Hülsen zu Boden fiel; eine Gruppe von Burschen mit Sporttaschen brachte immer neue Kassetten ihrer Musik nach vorne zum Fahrer, welcher sie bereitwillig, statt des nachmittägigen Radioprogramms, aus dem über jedem Sitzpaar befindlichen Lautsprecher schallen ließ; das eine alte Paar in dem Bus saß stumm und ohne Bewegung, und der Mann schien es gar nicht zu spüren, sooft einer der Burschen ihn im Vorbeigehen, unvorsätzlich, anrempelte; auch als einer der Jugendlichen, im Reden aufgestanden und in den Gang getreten, sich bei seinen Ausführungen an des Alten Rükkenlehne stützte und zugleich ihm vor dem Gesicht gestikulierte, duldete er es reglos, rückte nicht einmal seine Zeitung beiseite, deren Blattkanten im Luftzug des über ihm Fuchtelnden umschlugen. Das ausgestiegene Mädchen ging dann allein draußen auf einer kahlen Kuppe, den Mantel um sich gezogen, in einer wie weglosen Steppe, ohne ein Haus in Sicht; am Boden ihres verlassenen Sitzes ein Haufen von Schalen, weniger als erwartet. Später wurde die Hochebene bezeichnet von Zwischenräumen aus lichten Eichenhainen, die Bäume strauchartig klein, das volle welke Laub daran grau zitternd, und nach einem fast unmerklichen Paß – im Spanischen, so erfuhr der Reisende aus seinem Taschenwörterbuch, das gleiche Wort wie für »Hafen« –, der Grenze zwischen den Provinzen Burgos und Soria, von Schonungen glänzendbrauner Kiefern oben auf Felsen wurzelnd, viele auch, wie nach einem Sturm, aus dem bißchen Erdreich gerissen oder zersplittert, worauf diese

Nähe zu beiden Seiten der Straße gleich wieder auseinanderrückte zum vorherrschenden Ödland. In Abständen kreuzten die Schienen, verrostet, der aufgelassenen Bahnlinie zwischen den beiden Städten, oft schon überteert, die Schwellen überwachsen oder ganz verschwunden. In einem der Dörfer, unsichtbar von der Landstraße hinter steinigen Anhebungen, wohin der Bus immer wieder abbog und dann zum Umkehren, noch leerer geworden, zurückstoßen mußte, schlug das lose hängende Gassenschild an eine Hauswand; hinter dem Fenster der Dorfbar, als das einzig Sichtbare, die Hände von Kartenspielern.

In Soria war es kalt; kälter noch als in Burgos, und bitterkalt im Vergleich zu San Sebastian unten am Meer, wo er am Vortag in Spanien angekommen war. Aber es fiel nicht der Schnee, den er sich hier sozusagen als Begleiter für seine Unternehmung erhofft hatte, sondern es nieselte. In dem zugigen Busbahnhof notierte er sich gleich die Abfahrtszeiten für Madrid, oder wenigstens Zaragoza. Draußen, auf der Durchfahrtsstraße am Stadtrand, zwischen kleineren Einsturzhäusern, hochragenden Rohbauten und der Trümmersteppe (die ihm sonst zusagte), unter den Rädern den Schlammfilm zersprühend, das Getöse der wie aneinandergekoppelten Fernlaster, alle mit spanischen Kennzeichen; als er darunter einmal ein englisches Nummernschild sah, dann auch den auf den ersten Blick verständlichen, nicht erst zu übersetzenden Slogan auf der Plane, wurde es ihm für den Moment geradezu heimisch zumute. Ähnlich hatte er früher schon bei einem längeren Aufenthalt in einer solch fremden spanischen Stadt, wo niemand in der Umgebung eine andere Sprache verstand und es auch keine ausländischen Zeitungen gab, seine Zuflucht manchmal in dem einen chinesischen Restaurant dort gesucht, wo er zwar von der Sprache noch viel weniger mitbekam, jedoch sich vor dem ausschließlichen, geballten Spanischen in Sicherheit fühlte.

Es begann zu dämmern, die Umrisse wurden undeutlich. Als Richtungsschilder nur die der fernen Hauptstädte, wie Barcelona und Valladolid: So ging er mit dem schweren Koffer – er war schon lang unterwegs und hatte in Soria bis hinein ins neue Jahr bleiben wollen – straßenabwärts; öfter hatte er erlebt, daß die Zentren, gerade dieser dem ersten Blick fast unsichtbaren spanischen Städte, irgendwo unten, hinter hauslosen Steppengegenden, versteckt in den Tälern versickerter Flüsse lagen. Diese Nacht jedenfalls würde er hier bleiben; einmal, er empfand das in der Tat als eine Art Schuldigkeit, hatte er, da er nun da war, sich des Ortes zu vergewissern, ihm auch gerecht zu werden (im Augenblick, den Koffer alle paar Schritte von der einen Hand in die andere wechselnd, immer wieder den Einheimischen ausweichend, die schon ihr abendliches Geradeaus-Stolzieren begannen, gelang ihm das nicht), und zusätzlich hatte er, was seinen »Versuch über die Jukebox« betraf, und überhaupt, Zeit – was er sich jetzt, wie schon oft, einsagte, und wiederholte, diesmal mit einem Verb aus dem Griechischen, entnommen der Lektüre Theophrasts: *S-cholazo, s-cholazo.*

Dabei dachte er nur an Flucht. Dieser und jener Freund hatte ihm, der nun schon einige gute Jahre hauslos umherzog, für sein Vorhaben die Zweitwohnung oder das Dritthaus angeboten, jetzt im Vorwinter leer, mit Stille ringsum, und zugleich der gewohnten Zivilisation, vor allem der Kindheitssprache, seiner Bewegerin (zugleich Beruhigerin), bereit an dem jederzeit zu Fuß zu erreichenden Horizont. Doch seine Fluchtgedanken schlossen jede Rückkehr aus. Eine deutschsprachige Umgebung kam jetzt für ihn nicht mehr in Frage, auch nicht zum Beispiel La Rochelle, wo er sich vor ein paar Tagen angesichts des weiten Atlantik, der niedrigen, hellen Häuser, der vielen Kinos, der entvölkerten Seitenstraßen, des Uhrturms am alten Hafen, der ihn an Georges Simenon und dessen da spielende Bücher erinnerte, mit dem selbstredenden Französisch als Fremder am Platz gefühlt hatte, nicht einmal San Sebastian mit seiner so viel wärmeren Luft und seiner übersichtlichen Halbkreisbucht an dem so oft wild werdenden Golf von Biskaya, wo eben noch vor seinen Augen nachts das Flutwasser an den Rändern des Baskenflusses Urumea stromauf geschäumt – in der Mitte dagegen die Flußwellen meerzu – und in einer Bar, wenn auch unbeleuchtet, kalt, wie schon Jahre außer Betrieb, eine Jukebox, spanisches Erzeugnis, plump, fast ohne Design, gestanden hatte. Vielleicht war es ein Zwang, daß er sich solche Fluchten, den Weg zurück, verbot – es durfte nur noch weiter weg über den Kontinent gehen –, und ein Zwang vielleicht auch, daß er, nach einer Zeit des Beanspruchtseins nun ohne Pflichten und Bindungen, meinte, für sein Ansschreibengehen, sollte dieses überhaupt eine Berechtigung haben, sich ein jedes Mal regelrecht aussetzen zu müssen, in eine gerade noch zu bewältigende Unwirtlichkeit, in eine auch die tagtäglichen Lebensumstände bedrohende Grenzsituation, mit der Verschärfung, es habe, neben der Sache des Schreibens, zusätzlich eine zweite angegangen zu werden: eine Art Erkundung oder Vermessung des jeweiligen fremden Ortes und ein Sicheinlassen, allein, ohne Lehrer, auf eine Sprache, die zunächst möglichst unbekannt sein mußte.

Wegflüchten wollte er jetzt jedoch nicht

bloß vor dieser Stadt, sondern auch vor seinem Thema. Schon je mehr er sich Soria, dem vorgefaßten Ort für das Schreiben, genähert hatte, desto nichtiger war ihm der Gegenstand »Jukebox« vorgekommen. Zu Ende ging gerade das Jahr 1989, da in Europa von Tag zu Tag und Land zu Land so vieles, und so wunderbar leicht, anders zu werden schien, daß er sich vorstellte, jemand, eine Zeitlang ohne die Weltnachrichten gewesen, zum Beispiel freiwillig eingeschlossen in ein Forschungswerk oder nach einem Unfall monatelang ohne Bewußtsein, würde dann beim Lesen der ersten Zeitung diese für eine Sonderausgabe halten, worin fingiert war, die Wunschträume der geknechteten und getrennten Völker des Kontinents seien über Nacht Tatsachen geworden. Dieses Jahr, sogar für ihn, mit einer Herkunft aus der Geschichtslosigkeit und einer Kindheit wie Jugend kaum belebt, höchstens behindert, von historischen Ereignissen (und deren kinnreckenden Jubelfeiern), war das Jahr der Geschichte: Es war einmal, als könne diese, neben all ihren anderen Formen, auch ein sich selbst erzählendes Märchen, das wirklichste und wirksamste, das himmlischste so wie irdischste der Märchen sein. Vor ein paar Wochen in Deutschland hatte ein Bekannter, aufgeregt vor dem Aufbruch zur auf einmal offenen Mauer, wo er »unbedingt Zeuge der Geschichte« sein wollte, ihn zur Mitfahrt gedrängt, damit die Ereignisse, »von einem für die Bilder und die Sprache Zuständigen bezeugt werden«, und er? – hatte seine »Arbeit, Materialstudium, Sichvorbereiten« vorgeschoben, sofort, instinktiv, geradezu zurückscheuend, ohne Gedanken (freilich mit dem Bild, schon am nächsten Morgen werde in der einschlägigen staatstragenden Zeitung, ordentlich gerahmt, die erste Gedicht-Lieferung der poetischen Geschichtszeugen stehen, und am Morgen danach, ebenso, der erste Songtext dazu). Und jetzt, da die Geschichte als das große Märchen der Welt, der Menschheit, dem Anschein nach Tag für Tag weiterging, sich weitererzählte, fortzauberte (oder war es doch bloß eine Abart der alten Gespenstergeschichte?), wollte er hier sich, fernweg, in dieser von Steppen und Felswüsten umgebenen, geschichtstauben Stadt – vor den zwar allüberall da schallenden Fernsehern später eine gemeinsame Stille nur einmal bei einer Lokalnachricht, der von einem Baugerüst Erschlagenen – versuchen an einem so weltfremden Gegenstand wie der Jukebox, einer Sache »für Weltflüchtlinge«, wie er sich jetzt sagte; einem bloßen Spielzeug, laut Literatur wohl dem »der Amerikaner liebsten«, doch nur für die kurze Zeit jenes »Samstagnachtfiebers«, nach dem Ende des Kriegs. Gab es in der Jetztzeit, da jeder neue Tag ein historisches Datum war, jemand Lächerlicheren, jemand Verrannteren als gerade ihn?

Richtig ernst war es ihm mit diesen Gedanken nicht. Ganz anders setzte ihm zu, wie sehr sein kleines Vorhaben dem zu widersprechen schien, was sich, im Lauf der Jahre stärker und dringlicher, in den tiefsten seiner nächtlichen Träume ereignete. Dort in der Traumtiefe, das erfuhr er mit Wucht im Schlafen und dachte es aufgewacht weiter, zeigte sich ihm sein Gesetz als Bild, Bild um Bild. Jene Träume erzählten, und sie erzählten, wenn auch nur in monumentalen Fragmenten, die oft in den üblichen Traumunsinn übergingen, ihm gebieterisch ein weltumspannendes Epos von Krieg und Frieden, Himmel und Erde, Westen und Osten, Mord und Totschlag, Unterdrückung, Empörung und Versöhnung, Schlössern und Spelunken, Urwäldern und Sportpalästen, Verschollengehen und Heimkehr, triumphalen Vereinigungen zwischen Wildfremden und sakramentaler ehelicher Liebe, mit unzähligen, dabei scharfumrissenen Personen: vertrauten Unbekannten, den durch die Jahrzehnte wechselnden Nachbarn, den entfernten Geschwistern, Filmstars und Politikern, Heiligen und Puppen, den in den Träumen verwandelt (so wie sie in Wahrheit gewesen waren) weiterlebenden Vorfahren, und immer neu den Kindern, dem Kind der Kinder als einer der Hauptfiguren. Er selbst trat in der Regel dabei gar nicht mit auf, war bloßer Zuschauer und Zuhörer. Ebenso gesetzkräftig wie die Bilder waren die Gefühle, die dieser da hatte; manche davon erfuhr er im Wachen nie, wie etwa die Ehrfurcht vor einem bloßen Menschenantlitz, oder die Verzückung, vor dem Traumblau eines Berges, oder sogar die Gläubigkeit (auch sie dabei ein Gefühl), vor nichts als dem »Ichda«; andere kannte er zwar, aber rein und inbildhaft wurden sie ihm erst mit der den Schläfer durchglühenden Sinnlichkeit des epischen Träumens: Wie er dann statt Dankbarkeit *die* Dankbarkeit empfand, so auch *das* Erbarmen, *die* Kindlichkeit, *den* Haß, *das* Staunen, *die* Freundschaft, *die* Trauer, *die* Verlassenheit, *die* Todesangst. Aufgewacht, von solchen Träumen wie durchlüftet und durchsäuert, spürte er weit über sich hinaus den Rhythmus ausschwingen, dem er mit dem Schreiben zu folgen hätte. Und wieder, nicht zum ersten Mal, schob er die Sache hinaus, zugunsten einer Nebensächlichkeit? (Jene Träume waren es, die ihm das zu bedenken gaben, niemand anders war seine Instanz.) Und daß er meinte, unseßhaft wie er sei, könne er sich nur an Gelegenheitsarbeiten machen – schließlich hätten ja zum Beispiel auch die Kurzromane Simenons, meist in irgendwelchen ausländischen Hotelzimmern geschrieben, kaum einen epischen Anflug –, war das nicht wieder, Vorhalt des Traums, eine seiner inzwischen schon über die Zeit benutzten Ausflüchte? Warum wurde er nicht endlich seßhaft, gleich wo? Merkte er nicht, daß sein Unterwegssein oft und oft nur noch ein Herumirren war? – Damals, als der »Versuch über die Jukebox« bloß eine erste Idee gewesen war, hatte ihm ein Ausspruch Picassos als ein mögliches Motto vorgeschwebt: die Bilder mache man wie die Prinzen ihre Kinder, mit den Schäferinnen. Nie bilde man das Pantheon ab, nie male man einen Fauteuil Louis XV., sondern man mache Bilder mit einer Hütte des Midi, mit einem Päckchen Tabak, mit einem alten Stuhl. Je näher dann aber die Verwirklichung kam, desto weniger übertragbar erschien ihm dieser Maler-Satz auf einen Gegenstand des Schreibens. Zu übermächtig, zu ausschließlich und auch zu ansteckend (mit Sehnsucht, sie in die gemäße Sprache zu übersetzen) hoben die epischen Träume an, und zwar, wie er das schon seit der Jugend kannte, zu seiner steten Verwunderung, jetzt gegen die Wintersonnenwende Nacht für Nacht, ausschließlich, sozusagen verläßlich; schon mit dem ersten Halbschlafbild ging das Tor der Erzählung auf, und diese skandierte sich ihm nachtlang vor. Und außerdem: Was hatte ein Ding wie die Jukebox, Plastik, Buntglas, Chromblech, überhaupt zu tun mit einem Stuhl oder einer Feldhütte? – Nichts. – Oder doch etwas?

Er wußte von keinem Maler, in dessen Werk, auch nur als Accessoire, eine Jukebox vorkam. Nicht einmal die Künstler der Pop-Art, mit ihrem Vergrößerungsblick auf alles Serienhafte, alles Nicht-Originale, alle Zweitdinge, schienen sie eines In-den-Blick-Rückens wert zu halten. Vor ein paar Bildern Edward Hoppers, mit den vereinzelten Gestalten

in den nächtlichen Bars des Stadt-Niemandslands, hatte er fast eine Halluzination davon: als seien die Dinger da, aber gleichsam weggemalt, ein leerer leuchtender Fleck. Einzig ein Sänger kam ihm in den Sinn, Van Morrison, dem »das Röhren der Jukebox für immer« gegolten hatte, aber das, ein Volksmundspruch für »schon lange her«, war »lang aus«.
Und überdies: Warum stellte er sich das, was von dem Gegenstand zu sagen wäre, gleich als ein Buch vor, wenn auch ein kleinwinziges? War in seiner Vorstellung das Ding Buch doch bestimmt für den Widerschein, Satz um Satz, des natürlichen Lichts, der Sonne vor allem, nicht aber für so etwas wie das Beschreiben des von den Drehzylindern eines Elektrogeräts in die Düsternis schummernden Kunstlichts. (So entsprach es jedenfalls seinem althergebrachten, nicht loszukriegenden Bild von einem Buch.) War

so eine kleine Schrift demnach nicht eher etwas für eine Zeitung, am besten für das Wochenend-Magazin, auf den nostalgischen Seiten, samt Farbfotos der Jukeboxmodelle von einst bis jetzt?

An diesem Punkt seiner Grübeleien angelangt, bereit, alles, worauf er in den vergangenen Monaten hingedacht hatte, einfach sein zu lassen (»Schweig von dem, was dir lieb ist, und schreib über das, was dich erzürnt und herausfordert!«), entschlossen, sich fürs nächste einfach weiter, nichtstuend und auf dem Kontinent umherschauend, seiner Zeit zu erfreuen, empfand er auf einmal ein merkwürdiges Vergnügen an der möglichen Sinnlosigkeit seines Vorhabens – Freiheit! – und zugleich die Energie, sich, wenn auch möglichst woanders als in dieser weltverlassenen Stadt Soria, an das Fast-Nichts zu machen.

Für die eine Nacht fand er ein Zimmer in einem Hotel, das nach einem mittelalterlichen spanischen König hieß. Fast jeder fremde Ort, der ihm bei seinem Unterwegssein auf den ersten Blick nichtig und abgeschieden vorgekommen war, hatte sich ihm dann beim Kreuz- und Quergehen geheimnisvoll ausgedehnt und als ein Teil der Welt gezeigt; »was für eine große Stadt!«, hatte er dann immer wieder neu gestaunt, und sogar: »Was für ein großes Dorf!« Aber Soria, dessen Gassen er sich am Regenabend überließ, weitete sich nicht einmal, als er sich zur Stadt hinaus durch die Finsternis auf den Hügel des ehemaligen Kastells tastete; keine funkelnde Avenida; der Ort, nichts als ein paar fahle Schachtelwände im Knick der Gassen, gab ihm in dieser Nacht, auch als er dann von Bar zu Bar irrte, alle schon früh fast leer, belebt nun von den sich wiederholenden Lockmelodien der Glücksspielautomaten, den Anschein einer zum Überdruß vertrauten mitteleuropäischen Kleinstadt, nur mit mehr Schwärze im Weichbild – das winterverlassene Oval der Stierkampfarena –, und rings umgeben von Schwärze. Nichts, so sein Vorurteil, konnte da mehr entdeckt und geschaffen werden. Fürs erste aber war es schön, ohne Gepäck zu gehen. In der ersten Reihe eines Buchhandlungsfensters lagen nur Bücher von Harold Robbins – und warum nicht? Und auf einem Seitenplatz gegen Mitternacht leuchteten und winkten die nassen gezackten Platanenblätter. Und die Kassenhäuschen der beiden Kinos, die REX und AVENIDA hießen, hatten ihre Luken, kaum sichtbar, wie nur in Spanien, neben den breiten Eingangsfronten, gleich zur Straße hinaus, und in ihnen, halb abgeschnitten von den Rahmen, hatte sich jeweils das Gesicht gleichsam derselben alten Frau gezeigt. Und der Wein hatte keinen Kleinstadtgeschmack. Und das Muster der Gehsteigkacheln der Stadt Soria waren ineinander verhakte, an den Kanten abgerundete Quadrate, während das entsprechende Pflaster der Stadt Burgos Zinnen gewesen waren? Und das spanische Wort für »Gleichmut« war *ecuanimidad*. Und er machte sich seine Litanei aus diesem Wort, abwechselnd mit dem griechischen für das Zeithaben.

Im Traum traten hundert Personen auf. Ein General, zugleich Nachdichter Shakespeares, erschoß sich aus Kummer über den Zustand der Welt. Ein Hase lief querfeldein, eine Ente schwamm flußab. Ein Kind, vor den Augen aller, ging verschollen. Die Dörfler, man erfuhr es vom Hörensagen, starben von Stunde zu Stunde, und der Priester hatte nur noch mit dem Beerdigen zu tun. (Eigentümlich die Rolle des Hörensagens in den Träumen – es wurde weder gesagt noch gehört, drang einfach still durch die Lüfte.) Das Nasenblut des Großvaters roch nach nassem Hundefell. Wieder ein

Kind hatte den Vornamen »Geist«. Jemand verkündete, nun laut, die Wichtigkeit des Hörens in der heutigen Zeit.

Am nächsten Tag – es blieb regnerisch, und laut Zeitung war Soria wieder einmal die kälteste Provinz Spaniens – machte er sich auf den Abschiedsweg durch die Stadt. Ohne es vorgehabt zu haben, stand er auf einmal vor der Fassade, an dem Maß und den lichten, oft rundgeblasenen Sandsteinen gleich spürbar das Alter, von Santo Domingo. Welch ein Ruck verläßlich auf ihn überging von den romanischen Bauten, mit dem er auf der Stelle deren Proportionen in sich fühlte, in den Schultern, den Hüften, den Sohlen, wie seinen eigentlichen, verborgenen Körper. Ja, Körperlichkeit, das war die Empfindung, mit der er nun so langsam wie möglich, im Bogen, auf diese Kirche in der Form eines Getreidekastens zuschritt. Schon im ersten Augenblick, vor der Feingliedrigkeit der Fläche und der in sie eingelassenen Rundbögen und Figuren, hatte sich, ein Wort von Borges, »die Brüderlichkeit des Schönen« auf ihn übertragen, zugleich ergriff ihn jedoch die Scheu, sich auf der Stelle das Ganze sozusagen einzuverleiben, und er beschloß, die Abfahrt, wohin auch immer, auf den Abend zu verschieben und zuvor, wenn das Tageslicht auf den Skulpturen gewechselt hätte, noch einmal wiederzukommen. Zunächst einmal forschte er nur nach den Variationen in den sofort lieb-vertrauten Gruppenbildern. Solche waren auch da (ohne daß er erst lange suchen mußte), wie jedesmal bei den romanischen Plastiken, und sie erschienen ihm wieder als die insgeheimen Wahrzeichen des Orts. Sie zeigten sich hier in Soria sogar, so weit das Auge reichte: der fürsorgliche Hüftknick des Gott-Vaters, mit dem er dem frisch geschaffenen Adam auf die

Beine half; die an einer Stelle fast glatte – auf anderen Darstellungen durchwegs gewellte – Decke, unter der die drei heiligen Könige schliefen; das Akanthusblatt, muschelförmig, von der Größe eines Baums, sich erhebend hinter des Auferstandenen leerem Grab; im Halbkreis über dem Portal (im Mandel-Umriß schmunzelnd der Vater mit dem ebensolchen, das dicke Steinbuch reckenden Sohn auf den Knien) die Tiersinnbilder der Evangelisten einmal nicht zu Boden gekauert, sondern auf den Schoß von Engeln, und so nicht nur der wie eben erst geborene Löwe und das Stierlein, sondern sogar der mächtige Adler ... Indem er rasch wegging, blickte er sich über die Schulter von weitem um und sah so das ziselierte Gehäuse – um so deutlicher das Leergelassene –, mit dem Ausdruck Karl Valentins, »im Freien« stehen: von diesem gab der Bau, so breit wie niedrig (alle die Wohnblöcke im

Umkreis waren höher), mit dem Himmel darüber, trotz der vorbeitosenden Laster, geradezu die Idealvorstellung; der Bau, so ganz anders als die starren Fassaden der Umgebung, erschien als ein Spielwerk, tätig gerade in seiner Ruhe – er spielte. Und er hatte den Gedanken, daß damals, vor achthundert Jahren, jedenfalls in Europa, eine Formen-Epoche lang, die Menschengeschichte, die einzelne wie die allgemeine, wunderbar geklärt gewesen sei. Oder war das nur der Schein dieser allesdurchdringenden Form (keines bloßen Stils)? Aber wie war es zu einer so königlichen wie kindlichen, und so einverständlichen Form gekommen?
Soria, das zeigte sich jetzt klar bei Tag, lag zwischen zwei Hügeln, einem bewaldeten und einem kahlen, in einer Senke hinunter zum Duero; dieser floß an den letzten vereinzelten Häusern vorbei; jenseits ein weitgestrecktes Felsland. Eine

Steinbrücke führte da hinüber, mit der Straße nach Zaragoza. Zugleich mit den Pfeilerbögen nahm der Neuankömmling deren Zahl auf. Ein leichter Wind ging, und die Wolken wehten. Unten zwischen den blattlosen Uferpappeln jagte ein aufgeregter Hund dem jetzt hier, jetzt dort aufwirbelnden Laub nach. Das Schilf war ins dunkle Wasser gedrückt, nur die paar Kolben standen heraus. Der Fremde – fremd? von der Örtlichkeit hier zugelassen – nahm die Gegenrichtung zur bekannten Promenade des Dichters Machado und ging flußauf, einen Erdweg, den die Wurzeln von Fichten querten. Stille; Luftzug an den Schläfen (einmal hatte er sich vorgestellt, eine der zuständigen Firmen böte für diese Stellen des Gesichts eine spezielle Essenz an, damit der Haut dort auch noch der geringste vorbeistreichende Hauch spürbar würde, als der Inbegriff, wie sollte man es nennen?, des Jetzt).

Zurück aus der Leere, trank er in der Flußbar namens »Rio«, ein junger Zigeuner hinter der Theke, einen Kaffee. Ein paar Pensionisten, die laut Wörterbuch auf spanisch »jubilados« hießen, waren die durch die Reihe staunenden und begeisterten Betrachter des vormittägigen Fernsehprogramms. Von dem unausgesetzten Fernverkehr draußen zitterten allen die Gläser und Tassen zwischen den Fingern. In einer Ecke stand ein kaum kniehoher, zylindrischer, oben sich verjüngender Eisenofen, senkrecht gerillt, in der Mitte ein Ornament ähnlich einer Jakobsmuschel, aus der Öffnung unten das Hervorglühen des Feuers. Vom gekachelten Boden roch das am Morgen frisch gestreute Sägemehl herauf.

Draußen auf der Straße kam er beim Bergaufgehen an einem Holunder, mit einem Stamm von der Dicke eines Mammuts, vorbei, die kurzen hellen Zweige eine Myriade von einander durchflechtenden und übersteigenden Bögen. Kein Aberglaube, auch ohne derlei Bilder oder Zeichen: Er würde in Soria bleiben und, wie geplant, sich hier an seinen »Versuch« machen. Dazwischen wollte er so viel wie möglich aufnehmen von den Morgen und Abenden dieser so übersichtlichen kleinen Stadt. »Nein, von hier gehe ich nicht weg, bis die Sache geschafft ist!« In Soria würde er zuschauen, wie die letzten Blätter von den Platanen segelten. Und es herrschte jetzt in der Landschaft auch jenes dunkle klare, wie unten von der Erde ausstrahlende Licht, das ihn schon seit jeher beherzt hatte, auf der Stelle beiseite zu gehen und zu schreiben, zu schreiben, zu schreiben – ohne einen Gegenstand, oder meinetwegen auch von so etwas wie einer Jukebox. Und dort hinaus in die Weite, wo man hier, kaum aus der Stadt heraus, gleich ringsum war – in welchen

Metropolen war das der Fall? –, würde er jeden Tag vor dem Sichhinsetzen gehen, um sich die für seinen Kopf im Älterwerden mehr und mehr nötige Stille zu holen, von welcher eingestimmt sich die Sätze dann formen sollten; danach aber würde er sich dem Krach, samt ruhigeren Winkeln, der Stadt überlassen; keine Passage, kein Friedhof, keine Bar, kein Sportplatz, durften in ihrer jeweiligen Eigenheit unwahrgenommen bleiben.
Es stellte sich nun aber heraus, daß im Augenblick einige spanische Feiertage zusammenfielen – Reisezeit –, und so gab es in Soria Zimmer erst wieder für den Anfang der nächsten Woche. Das war ihm dann auch recht, so konnte er das Anfangen nach seiner Art noch einmal hinauszögern; und außerdem würde er, zum vorläufigen Ausweichen in eine andere Stadt gezwungen, bei der Abfahrt und der Rückkehr ein Bild der Lage von Soria, so allein in dem Hochland, auch

aus anderen Himmelsrichtungen, nicht nur der einen westlichen aus Burgos, bekommen – er stellte sich das für das Bevorstehende nützlich vor. Er hatte demnach zwei Tage Zeit und beschloß, den ersten im Norden, den zweiten im Osten zu verbringen, beide Male an Orten schon außerhalb von Kastilien, erst Logroño in der Weinbau-Region La Rioja, dann Zaragoza in der Region Aragon: so ergab es sich vor allem aus den Busfahrplänen. Fürs erste aber setzte er sich in eines der spanischen Hinterzimmer-Restaurants, wo er sich behütet fühlte, weil man dort für sich sein konnte und doch, durch die brettdünnen Wände und die oft offene Schiebetür, draußen die Bar mitbekam, in der es, Fernsehen und Spielautomaten inbegriffen, fast immer hoch herging.

Nur eine Nonne war mit ihm, Mitte Nachmittag, im Bus nach Logroño. Es regnete, und auf der Paßstrecke zwischen den beiden Ländern ging die Fahrt wie durch die Hauptregenwolke selber: außer ihrem Schwadengrau an den Scheiben nichts mehr zu sehen. Aus dem Busradio kam dann das »Satisfaction« von den Rolling Stones, ein Lied, das wie kaum ein anderes für jenes »Röhren der Jukebox« stand, und unter den ganz wenigen war, die sich über die Jahrzehnte in den Jukeboxen der ganzen Welt gehalten hatten (nicht ausgewechselt worden waren), »ein Standard«, dachte der eine Passagier – während der andere, im schwarzen Klosterfrauengewand, zu der raumfüllenden, gleichsam Achtung gebietenden Sonorität der Gitarre Bill Wymans sich mit dem Chauffeur über das vor einer Stunde, während er in der Geborgenheit seines Hinterzimmers gespeist hatte, nebenan in einer Seitengasse geschehene Bauunglück unterhielt, mit den zwei Toten unter Eisenstangen und frischem Beton. Es folgte im Radio dann

»Ne me quitte pas« von Jacques Brel, der Flehensgesang an die Geliebte, ihn nicht zu verlassen, wieder eines der paar Lieder, welche gleichsam die Klassiker der Jukebox bildeten, zumindest nach seinen Erkundungen in den französischsprachigen Ländern, in der Regel dort auf der Skala in der wie unantastbaren Kolonne ganz zur Rechten (dort, wo zum Beispiel in den österreichischen Musikboxen meist die sogenannte Volksmusik ihren Platz hatte, und in den italienischen, manchmal, die Opernarien und -chöre, vor allem das »Holde Aida« und der Gefangenenchor aus »Nabucco«). Seltsam aber nun, so dachte der Reisende weiter, daß dabei des belgischen Sängers Psalm, aus der Tiefe, fast nichts als Singstimme, rückhaltlos, persönlich – »das sage ich, und allein dir!« –, so überhaupt nicht in einen Automaten, öffentlich aufgestellt, mit Münzbedienung, zu passen schien – wohl aber jetzt

hierher in diesen fast leeren Bus auf den Kurven über einen bald zweitausend Meter hohen Paß durch ein zungengraues Niesel-Nebel-Niemandsland.
Das Muster der Gehsteigkacheln von Logroño waren Traubenbüschel und Weinblätter, und die Stadt hatte einen offiziellen Chronisten, dem auch in der Zeitung »La Rioja« eine tägliche Seite zustand. Statt des Duero floß hier, in seinem Oberlauf, der Ebro, statt außen herum mittendurch, wie üblich die Neustadt am anderen Ufer. Hohe Schneewächten säumten den großen Fluß und schaukelten auf den zweiten Blick als Industrieschaum, und an den Hochhausfassaden diesseits wie jenseits flappte es im Dämmerregen von den Leintuchbahnen. Obwohl er ähnliches auch in Soria gesehen hatte, und obwohl Logroño, unten in der Weinebene mit spürbar milderer Luft, sich in der Feierabendbeleuchtung als weiträumige elegante Stadt

samt Avenidas und Arkaden erwies, empfand er auf einmal bei der Vorstellung der winterlichen Ansiedlung dort hinten oben auf der Meseta, wo er doch kaum eine Nacht und einen halben Tag verbracht hatte, so etwas wie das Ziehen des Heimwehs.

Zaragoza am folgenden Tag, südostwärts und noch weiter unten im breiten Ebro-Tal, hatte als Gehsteig-Ornament sich bauchende Schlangenlinien, welche, so dachte er, die Mäander des Flusses darstellten, und erschien ihm tatsächlich, nach seinen ersten, in Spanien schon gewohnten Irrgängen auf der Suche nach dem Zentrum, als eine, entsprechend auch dem Namen des Fußballclubs, königliche Stadt. Hier hätte er täglich ausländische Zeitungen lesen, wie nur je in einer Weltstadt alle die gerade aktuellen Filme, einige wohl auch in der Originalsprache, sehen und an den Wochenenden dabeisein können, wenn die eine königliche Mannschaft gegen jene andere aus Madrid spielte, am Ball – er hatte ein kleines Fernglas im Gepäck – der leibhaftige Emilio Butragueño (mit seinem sauber bleibenden Dreß auch im Morast), welchem man einmal hatte glauben können bei seiner Antwort auf die Frage eines Reporters, ob das Fußballspiel eine Kunst sei: »Ja, für Augenblicke.« Im Theater der Stadt wurde Beckett gezeigt, wozu die Leute sich wie bei den Kinokassen die Karten lösten, und im Museum der Schönen Künste hätte er sich vor den Bildern Goyas, dessen Lehrzeit hier in Zaragoza gewesen war, die ebenso offenen Sinne für ein Tun holen können wie draußen in der Stille rings um Soria, zusätzlich der wohltuenden Frechheit, mit der dieser Maler ansteckte. Doch nur noch der andere Ort kam in Frage, wo in die Schutthänge neben den Neubauten die Schafherden schon ihre Steigmuster getreten hatten und es auch, trotz der Höhe, im Wind senkrecht aufschwirrend, die Spatzen gab – er hätte sie vermißt. (Jemand hatte einmal beobachtet, worauf man sich bei den täglichen Weltnachrichten im Fernsehen, ob mit einem Lokalaugenschein in Tokio oder Johannesburg, verlassen könne, das seien die Spatzen: Vorn das Gruppenbild der Staatsmänner oder die rauchenden Trümmer, und im Hintergrund das Spatzengeschrei.)

Was er in den zwei Städten dafür unternahm, war das Suchen, beiläufig, nach einer Jukebox; es mußte doch wenigstens je eine, in Logroño wie in Zaragoza, von früher übriggeblieben und auch noch in Betrieb sein (eine neu aufgestellte war unwahrscheinlich, in den spanischen Bars gehörte der geringste freie Platz ausschließlich den da übereinandergetürmten Glücksspielgeräten). Er glaubte, im Lauf der Zeit eine Art

Witterung bekommen zu haben für mögliche Jukebox-Orte. Wenig Hoffnung bestand in den Zentren von Städten, auch nicht in sanierten Vierteln und in der Nähe von Baudenkmälern, Kirchen, Parks, Alleen (von den Villengegenden zu schweigen). Fast nie war er auf eine Musicbox gestoßen in Kur- oder Schiorten (wohl aber waren sozusagen verdächtig deren eher namenlose, abseits gelegene Nachbarorte (o Samedan bei St. Moritz)), fast nie in Yacht- oder Badehäfen (wohl aber in Fischereihäfen und, noch häufiger, an Fährstationen: o Dover, o Oostende, o Reggio di Calabria, o Piräus, o Kyle of Lochalsh mit der Fähre hinüber zu den Inneren Hebriden, o Aomori ganz im Norden der japanischen Hauptinsel Hondo mit der, inzwischen eingestellten, Fähre hinüber nach Hokkaido), weniger oft in Lokalen auf dem Festland und im Landesinnern, als auf Inseln und in der Nähe von Grenzen.

Besonders heiß waren nach seinen Erfahrungen: Siedlungen an Durchzugsstraßen, viel zu ausgedehnt für Dörfer und doch ohne Stadtkern, abseits von jeder Art Fremdenverkehr, in fast relieflosen Ebenen ohne Seen in der Umgebung (und wenn es einen Fluß gab, dann weit außerhalb und die meiste Zeit des Jahres ausgetrocknet), bevölkert von unüblich vielen Fremden, ausländischen Arbeitern und/oder Soldaten (Garnisonsorte), und dortselbst ließen die Jukeboxen sich aufspüren weder in der Mitte – wenn diese auch bezeichnet war durch nichts als eine größere Regenlache – noch an den Rändern (dort, oder noch weiter draußen, an den Überlandstraßen, war höchstens die Diskothek), sondern in den Zwischenbereichen, am ehesten bei der Kaserne, beim Bahnhof, in der Tankstellenbar oder in einem einzeln stehenden Lokal an einem Kanal (natürlich in einer anrüchigen Gegend, »hinter den Gütergleisen« etwa, dem Gesicht noch der gesichtslosesten Konglomerationen). Einen solchen Jukebox-Parade-Ort, abgesehen von dem seiner Geburt, hatte er einmal in der friaulanischen Tiefebene mit Casarsa angetroffen, das sich wegen der im Umkreis geernteten Traubensorte den Zunamen »della Delizia« gegeben hat. Von der anmutigen, reichen und jukeboxgesäuberten Kapitale Udine war er an einem Sommerabend hier, »hinter dem Tagliamento«, angekommen, als Grund nur sechs Gedichtworte von Pasolini, der in dieser Kleinstadt einen Teil seiner Jugend verbracht hatte und später die Jukeboxen von Rom, im Verein mit den Flipperautomaten, als die amerikanische Fortführung des Krieges mit anderen Mitteln geschmäht hatte: »in der verzweifelten Leere von Casarsa«. Nach einem versuchten Rundgang über die Ränder hinaus, wegen des Verkehrs auf allen Ausfahrtsstraßen bald abgebrochen, drehte er um, betrat aufs Geratewohl die nicht wenigen Bars, und in fast einer jeden leuchtete ihm, schon von der Straße aus, eine Jukebox entgegen (die eine vornehmere hatte eine Videobox, mit einem Bildschirm hoch oben, von wo auch der Ton wegstrahlte). Und alle diese vielgestaltigen, alten und neuen, Kästen waren in Betrieb, spielten, nicht Hintergrundsmusik wie sonst oft, vielmehr vordringlich, laut; dröhnten. Es war ein Sonntagabend, und in den Lokalen – je näher er dem Bahnhof kam, dann um so mehr – fanden zum einen die Abschiede statt, und zum anderen warteten dort die Rekruten, die meisten von ihnen anscheinend gerade mit dem Zug aus einem kurzen Urlaub gekommen, die Stunden vor der mitternächtlichen Einrückpflicht ab. Die Mehrzahl von ihnen bildete dabei, mit dem Späterwerden, keine Gruppen mehr, sondern zeigten sich vereinzelt. Sie umlagerten so eine

Wurlitzer, einen Nachbau jenes klassischen regenbogenfarbigen Typs mit seinen den Bogen umwandernden Luftbläschen, derart dicht, daß die Lichtspiele des Geräts gerade hier und dort zwischen ihren Körpern durchblitzten, und ihre Gesichter und Hälse, zu dem Plattengreifer gebeugt, erschienen wechselnd in das Blau, Rot und Gelb getaucht. Die Straße, gegenüber der Bahnhof, beschrieb hinter ihnen eine weite Kurve und verschwand gleich im Dunkeln. In der Bahnhofsbar selber wurde dann schon aufgewischt. Aber noch immer standen ein paar der grau und braun uniformierten Burschen, ihre Säcke teils schon geschultert, in der Nähe der Jukebox – hier, entsprechend dem Neon, ein neueres, umschweifeloses, hellmetalliges Modell –, jeder für sich, und zugleich in dem sonst leeren Raum, mit den an die Wand geschobenen Tischen und einem Stuhl hier und dort, vor dem jetzt noch verstärkt über den nassen Kachelboden schallenden Ding wie gestaffelt. Während einer der Soldaten vor dem Wischtuch beiseite trat, blieben seine Augen, weit offen, ohne Blinzeln, unentwegt in die eine Richtung gekehrt; ein anderer verharrte, den Kopf zurück über die Schulter, ebenso auf der Vorplatz-Schwelle. Es war gerade Vollmond, in der Glastür das Rütteln, Klirren, Pochen, lang andauernd, eines dunklen Güterzugs, der die Maisfelder hinten verdeckte; an der Theke die junge Frau mit dem ebenmäßig-edlen Gesicht und der Zahnlücke. – Doch nun in den spanischen Städten trog ihn seine Witterung ein jedes Mal. Auch in den Bars der Elendsquartiere, hinter Schutthaufen, am Ende einer Sackgasse, mit dem Fingerzeig jener schlechten Beleuchtung, der ihn hier und da schon von weitem schneller werden ließ, fand er nicht einmal eine längst kalte Spur, etwa als helleren Umriß an einer rußigen Wand, seines gesuchten Gegenstands. Die Musik, die da gespielt wurde, kam – durch die Mauern ließ er sich von draußen manchmal täuschen – von Radios, Kassetten, oder, in den mehr besonderen Nischen, von einem Plattenspieler. Die spanischen Straßenbars, und es schien von ihnen in jeder Stadt so viele zu geben wie nirgends sonst auf der Welt, waren vielleicht alle entweder zu neu für solch eine fast schon urtümlich gewordene Sache (und ermangelten dazu sämtlich der dieser als Ort entsprechenden zweiten, der Hinterzimmer), oder aber zu alt, auch bestimmt vor allem für die Alten, die da voll Ernst beim Kartenspiel saßen – Jukebox und Spielerlokale ja, aber nur in den nicht so recht ernsthaften! – oder mit zwischen die Hände gestütztem Kopf, allein: Und er stellte sich vor, das Spielzeug sei in seiner Hoch-Zeit von der Diktatur hier verboten und danach eben nicht mehr gefragt gewesen. Nicht wenig freilich erfuhr er bei solch vergeblicher Suche, mit einem gewissen Vergnügen dann auch an der fast sicheren Fruchtlosigkeit, von den speziellen Winkeln, den Varianten, der einander augenscheinlich so ähnelnden Städte.

Zurück aus Zaragoza in Soria, von dessen östlicher Provinz er nachts, auf einer Zugstrecke abseits der Straßen, kaum etwas mitbekommen hatte, brauchte er nun einen für seinen Versuch geeigneten Raum; gleich am folgenden Tag wollte er endlich anfangen. Oben auf einem der beiden Hügel, oder mitten unten in der Stadt? Oben, und jeweils schon außerhalb, käme er sich vielleicht wieder einmal zu entrückt vor, und zwischen den Häusern und Straßen zu beengt. Ein Zimmer zu einem Innenhof stimmte ihn zu schwermütig, eins hinaus auf einen Platz lenkte ihn zu sehr ab, eins nach Norden wäre für das Schreiben zu wenig sonnig, in einem nach Süden würde ihn bei Sonne das Papier blenden, auf dem kahlen Hügel bliese der Wind herein, auf dem waldigen würden den ganzen Tag die Hunde der Spaziergänger bellen, in den Pensionen – er erkundete sie alle – wären die Nachbarn zu nah, in den Hotels, auch sie umkreiste er, säße er jetzt im Winter vielleicht für sein Schreibgefühl zu sehr allein. Für die Nacht blieb er erst einmal in dem Hotel auf dem kahlen Hügel. Die Straße hinauf endete vor dem steinernen Haus in einem Lehmplatz; der Weg zu Fuß in die Stadt – er probierte ihn gleich aus – führte über eine Moos- und Distelsteppe, danach an der Fassade von Santo Domingo vorbei, die beim Hinschauen mit ihrem bloßen Dasein zugleich tätig war, und gleich schon auf die kleinen Plätze, in deren Maß auch die gebirglerischen Platanen, die noch übrigen Blätter schaukelnd-wirkend, seltsam vollzählig an den Spitzen der obersten Astruten, sternförmiges

Flimmern im nachtschwarzen Himmel. Auch das Zimmer oben sagte ihm zu: nicht zu eng und nicht zu weit – gerade wo zu viel Platz war, fand er in der Regel seinen Platz nicht. Die Stadt, nicht zu nah, nicht zu fern, auch nicht zu tief unten, schien zu dem nicht zu großscheibigen, aber auch nicht zu kleinteiligen Fenster herein, an welches er, weiterprobend, gleich vom Spiegel weg den Tisch schob: zwar winzig, doch Fläche genug für ein Blatt Papier, Bleistifte und Radiergummi. Er fühlte sich hier aufgehoben; das war jetzt für die nächste Zeit sein Ort. Kam dann der andere Morgen, mit dem Probesitzen zur richtigen Stunde, im Licht des Ernstfalls, in der Temperatur, die dann auch herrschen würde bei dem Versuch: Der Raum war ihm jetzt zu laut (dabei hätte er doch wissen müssen, daß die Geräusche gerade in den sogenannten »ruhigen« Lagen, den »Herbergen des Schweigens«, indem sie statt gleichmäßig jäh kamen, plötzlich das Radio, das Lachen, das Hallen, das Stuhlrücken, das Knallen, das Sirren, noch dazu aus der Nähe und dem Hausinnern, den Fluren, den Nebenzimmern, der Zimmerdecke, für die Sammlung – war diese zerstört, entfiel dem Schreiber das Bild, und ohne das keine Sprache – weit gefährlicher waren als eine noch so tosende Straße draußen). Seltsam dann aber, daß das nächste Zimmer ihm nicht bloß zu kalt war für sein Über-die-Stunden-Sitzen (wußte er denn nicht, daß nur die Luxushotels auch tagsüber heizten, und daß er außerdem beim guten Schreiben unwillkürlich immer so atmete, daß ihn nicht fror?), sondern auf einmal auch zu still, so als ob das in Innenräumen ein Eingesperrtsein bedeute und Offenheit nur draußen in der Natur, und wie diese Art Stille jetzt im Dezember zum Fenster hereinlassen? Das dritte Zimmer hatte zwei Betten –

ihm um eines zu viel. Das vierte Zimmer hatte nur eine Trenntür – ihm um mindestens eine zu wenig ... So lernte er das spanische Wort für »zu«, ein sehr langes Wort, *demasiado*. War nicht einer der »Charaktere« oder Typen Theophrasts jener »mit dem Gegebenen Unzufriedene«, der, von der Freundin geküßt, sagt, er frage sich, ob sie ihn auch aus der Seele liebhabe, dem Zeus zürnt, nicht weil er es regnen läßt, sondern zu spät, und, auf dem Weg, einen Geldbeutel findend, sagt: »Aber einen Schatz habe ich noch niemals gefunden!«? Und auch ein Kinderreim kam ihm in den Sinn, von jemand, dem es nirgends recht war, und er wandelte ihn für sich ein wenig ab: »Es war einmal ein Mann, der kam bei Lebzeit nirgends an. / Daheim war's ihm zu kalt, da ging er in den Wald. / Der Wald war ihm zu naß, da legt' er sich ins Gras. / Das Gras war ihm zu grün, da fuhr er nach Berlin. / Berlin war ihm zu

groß, da kauft' er sich ein Schloß. / Das Schloß war ihm zu klein, da ging er wieder heim. / Daheim . . .« War das jetzt nicht die Erkenntnis: daß es ihm nirgends recht war? Doch, es war ihm immer wieder wo recht gewesen – zum Beispiel? – an Orten, wo er zum Schreiben gefunden – oder wo eben eine Jukebox gestanden hatte (nur nicht in Privathäusern!). Also nur dort war er für sich am Platz gewesen, wo ohnehin, von vornherein klar, auf die Dauer kein Sein war?
Er nahm schließlich das Zimmer, das sich ergab, und es war gut; welche Herausforderung auch immer – er würde sie annehmen. »Wer wird siegen – der Lärm oder wir?« Er spitzte zum Fenster hinaus den Schock der Bleistifte, im Lauf der Reisejahre in all den verschiedenen Ländern gekauft und dann doch sehr oft wieder deutsche Marken: Wie klein war der eine da geworden, seit dem Januar in

Edinburgh – so lang war das also schon her? Indem die Bleistiftgirlanden mit dem Wind wegstoben, vermischten sie sich mit den Aschefetzen vom Rauch eines Holzfeuers, und während unten vor dem Haus, neben der Küchentür, von der es gleich in die Distel-, Schutt- und Moossteppe hinausging, ein Lehrling mit einem armlangen Messer einen Stapel noch längerer Fische putzte, flirrten und blitzten von diesen die hellen Schuppen hinauf in die Lüfte. »Gutes Zeichen, oder nicht?« – Nur war es nach dem allem zu spät, an diesem Tag noch den Anfang zu machen. Gewohnt, sein Spiel zu verzögern, war er, wieder einmal, geradezu erleichtert und nutzte den Aufschub für eine Wanderung in die Steppe hinaus, um dort, sozusagen, ein paar mögliche Wege zu testen, auf ihre Bodenbeschaffenheit – weder zu hart, noch zu weich – und auf ihre Luftverhältnisse: nicht gar zu sehr den Weststürmen ausgesetzt, aber auch nicht gar zu windstill.

Dabei nun geschah etwas mit ihm. Damals, mit dem, ja doch, Einfall, dem zugleich einleuchtenden, einen »Versuch über die Jukebox« zu schreiben, hatte er sich diesen als einen Dialog auf einer Bühne vorgestellt: Das Ding, und was es für den einzelnen bedeuten konnte, war ja für die meisten etwas so Abseitiges, daß sich eine Person, gleichsam als Vertreter des Publikums, in der Rolle des Fragers aufdrängte, und eine zweite, als der auf diesem Gebiet »Bewanderte«, im Gegensatz zu den platonischen Dialogen, wo der fragende Sokrates insgeheim mehr von dem Problem wußte als der, zumindest zu Beginn, vom Vorurteils-Wissen geschwellte Antwortverkünder: am ehesten vielleicht so, daß auch der Bewanderte erst durch die Fragen des anderen herausfand, was jeweils die »Stellenwerte« jenes Requisits in seinem Lebensspiel gewesen waren. Im Lauf der Zeit kam ihm dann das Bühnen-Zwiegespräch aus dem Sinn, und der »Versuch« schwebte ihm als ein unverbundenes Miteinander vieler verschiedener Schreibformen vor, wie es ja, schien ihm, auch den so, wie sollte er es nennen?, ungleichen? arhythmischen? Weisen entsprach, in denen er eine Jukebox erlebt hatte und sich an sie erinnerte: Augenblicksbilder sollten wechseln mit weit ausholenden, dann jäh abbrechenden Erzählläufen; auf bloße Stichworte würde eine vollständige Reportage über eine einzelne Musicbox zusammen mit einem bestimmten Ort folgen; von einem Block Notizen käme, ohne Übergang, ein Sprung zu einem von Zitaten, welcher, wiederum übergangslos, ohne harmonisierende Verknüpfung, Platz machen sollte vielleicht allein dem litaneihaften Registrieren der Titel und Sängernamen eines besonderen Fundgegenstandes – wobei er sich, als die Grundform, die dem Ganzen eine Art Zusammenhalt gäbe, weiter das Frage-Antwort-Spiel vorstellte, zwischendurch, allerdings bruchstückhaft, eingreifend und sich wieder zurückziehend, im Verein mit ähnlich fragmentarischen Filmszenen, deren Mittelpunkt jeweils eine andere Jukebox, und von dieser ausgehend jeweils ein vielfältiges Geschehen oder Stilleben, in immer weiteren Kreisen um sie herum – wenn es sich ergab, auch bis hin in ein anderes Land, oder auch nur zu dem Buchsbaum am Ende eines Bahnsteigs. Er hoffte, seinen »Versuch« ausklingen lassen zu können in eine »Ballade von der Jukebox«, einen singbaren, sozusagen »runden« Liedtext auf dieses Ding, freilich nur, wenn der sich nach all den Bildsprüngen wie von selber vortrüge. Es hatte ihm dabei geschienen, solch ein Vorgehen im Schreiben sei nicht bloß dem speziellen Objekt gemäß, sondern auch der Zeit. Wirkten die epischen Formen der vergangenen Epochen – ihre Einheitlichkeit, ihre Gesten der Beschwörung und Bemächtigung (fremder Schicksale), ihr so vielwisserischer wie ahnungsloser Totalitätsanspruch –, in heutigen Büchern praktiziert, auf ihn inzwischen nicht als ein bloßes Getue? Vielseitige kleine und größere Annäherungen, und zwar, statt in den üblichen Einfang-, in Durchlaß-Formen, waren es, was jetzt, gerade durch seine vollständigsten, innigsten, eine Einheit stiftenden Erfahrungen mit Gegenständen, für ihn bei Büchern der Fall sein sollte: den Abstand wahren; umkreisen; umreißen; umspielen – deiner Sache von den Rändern her den Begleitschutz geben. – Und nun, auf seinem Wege-Probieren ziellos in der Savanne, setzte in ihm auf einmal ein ganz anderer Rhythmus ein, kein wechselnder, sprunghafter, sondern ein einziger, gleichmäßiger, und vor allem einer, der, anstatt zu umzirkeln und zu umspielen, geradlinig und vollkommen ernst in einem fort *in medias res* ging: der Rhythmus des Erzählens. Zunächst erlebte er nur all das unterwegs ihm nacheinander Begegnende als Erzählungsglieder; was immer er da aufnahm, wurde in ihm zugleich schon erzählt; die Gegenwartsaugenblicke ereigneten sich in der Vergangenheitsform, und zwar, anders als in den Träumen, ohne Umschweife, als bloße Hauptsätze, so kurz und einfältig wie jeweils der Augenblick: »In den Drahtzaun waren Disteln geweht. Ein alter Mann mit einem Plastiksack bückte sich nach einem Steppenpilz. Ein Hund hüpfte auf drei Beinen vorbei und erinnerte an ein Reh; sein Fell war gelb, sein Gesicht weiß; graublauer Rauch kam darüber aus einer Steinhütte. Das Rasseln der Schoten in dem einzeln stehenden Baum hörte sich an wie das Schütteln von Streichholzschachteln.

Aus dem Duero sprangen die Fische, die Windwellen flußauf hatten Gischtkronen, und am anderen Ufer leckte das Wasser unter den Felsen. Der Zug aus Zaragoza war schon beleuchtet, und spärlich saßen Leute darin . . .« Dann jedoch übertrug sich dieses stille Erzählen des Gegenwärtigen auch auf seinen bevorstehenden, vielfältig-spielerisch gedachten »Versuch«: Er verwandelte sich, noch vor dem ersten geschriebenen Satz, in eine Erzählung, so zwingend und machtvoll, daß alle anderen Formen auf der Stelle nichtig wurden. Nicht schrecklich erschien ihm das, sondern über die Maßen herrlich; denn im Rhythmus dieses Erzählens sprach die alleserwärmende Phantasie, der er, bei ihrem gar zu seltenen Eingreifen in sein innerstes Herz, noch immer geglaubt hatte, auch auf Grund der Stille mit ihr, selbst im schmetternden Lärm: die Naturstille, wie auch immer weit draußen, war dann nichts dagegen. Und das Bezeichnende an der Phantasie nun war, daß in ihren Bildern der Ort und die Örtlichkeit, wo er die Erzählung aufschreiben würde, miterschienen. Zwar hatte es ihn schon früher manchmal dazu gedrängt, nur hatte er dann zum Beispiel eine Birke von Köln als Zypresse nach Indianapolis versetzt, oder einen Salzburger Viehsteig nach Jugoslawien, oder den ganzen Ort des Schreibens als ein Nebending in den Hintergrund: Diesmal aber sollte Soria als Soria vorkommen (vielleicht auch mit Burgos, und auch mit Vitoria, wo ein alter Einheimischer ihm mit dem Grüßen zuvorgekommen war) und gleichermaßen Gegenstand der Erzählung sein wie die Jukebox. – Bis tief in die Nacht setzte sich in ihm jenes Wahrnehmen in der Erzählform fort: Freilich quälte es ihn längst nur noch – buchstäblich jede Nichtigkeit (der Passant mit einem Zahnstocher im Mund, auf einem Grabstein der Name »Benita Soria Verde«, die zu Ehren Antonio Machados mit Steinen und Zement ausgestopfte Gedicht-Ulme, die fehlenden Lettern in der Aufschrift HOTEL) drängte sich auf und wollte erzählt werden. Das war nun nicht mehr die zwingende, ihn warm dahintragende Bilderkraft, sondern eindeutig, vom Herzen in den Kopf gestiegen, ein kalter Zwang, ein sinnloses Immer-wieder-Anrennen gegen ein längst geschlossenes Tor, und er fragte sich, ob das ihm zunächst als göttlich erschienene Erzählen nicht ein Trug gewesen sei – ein Ausdruck seiner Angst vor all dem Vereinzelten, Unzusammenhängenden? Eine Ausflucht? Eine Ausgeburt der Feigheit? – War aber das Dahingehen eines Mannes mit einem Zahnstocher zwischen den Lippen, im Winter, auf der Meseta von Kastilien, sein Nicken beim Gruß, tatsächlich so etwas Nichtiges? – Wie auch immer: Den ersten Satz für den morgigen Anfang wollte er nicht im voraus wissen; nach all seinen vorher feststehenden ersten Sätzen war er mit dem zweiten sofort ins Stocken geraten. – Aber andrerseits: Weg mit allen sogenannten Gesetzmäßigkeiten! – Und so weiter . . .

Am Morgen des folgenden Tages. Der Tisch am Fenster des Hotelzimmers. Über das Schuttland treibende leere Plastiksäcke, sich hier und da verfangend in den Disteln. Am Horizont ein Felsenberg in der Form einer Sprungschanze, über der Anlaufstrecke eine Regenpilzwolke. Das Schließen der Augen. Das Stecken eines Papierpfropfens in die Fensterritze, durch die der Wind am stärksten hereinpfeift. Neuerliches Schließen der Augen. Herausziehen der Tischlade, an der beim ersten Schreibansatz der Griff klappert. Drittes Augenschließen. Jammergeheul. Fensteröffnen: Ein kleiner schwarzer Hund gleich darunter, an den Sockel des Hauses gebunden, regennaß, wie nur ein Hund naß sein kann; mit seinen Klagelauten, die zwischendurch kurz verstummen, sichtbar in die Steppe hinaus puffende Atemwolken. *Aullar* war das spanische Wort für »jaulen«. Viertes Schließen der Augen.

Auf der Fahrt von Logroño nach Zaragoza hatte er draußen in den winterleeren Weinfeldern des Ebro-Tals die Steinwürfel der Winzerhütten gesehen. Auch in seiner Herkunftsgegend waren, an den Wegen durch die Kornäcker, solche Hütten gestanden, freilich aus Holz, und von der Größe eines Bretterverschlags. Wie ein solcher erschienen jene Gehäuse auch von innen, mit dem Licht, das nur durch die Lattenspalten und Astlöcher kam, den Grasbüscheln im Erdboden, den Brennesseln in den Ecken, zwischen den dort angelehnten Ernte-Werkzeugen wuchernd. Und doch hatte er jede der

Hütten, auf den paar Pachtäckern des Großvaters, als einen eigenen Bereich erlebt. Ein Holunderstrauch wuchs in der Regel nebenan, dessen Krone dem in das freie Feld ausgesetzten Ding Schatten gab, und dessen Zweigbögen seitlich auch in das Hütteninnere drangen. Und dort war noch Platz für einen kleinen Tisch und eine Sitzbank, die auch draußen beim Strauch stehen konnte. In Tücher gehüllt, zum Frischhalten und gegen die Insekten, der Mostkrug und das Jausenbrot. Im Bereich dieser Verschläge hatte er sich heimischer gefühlt als je in den wohlgebauten Häusern. (In denen hatten ihn ähnliche Schauer von Am-Platz-Sein höchstens überlaufen manchmal bei einem Blick in einen fensterlosen Abstellraum oder an den Grenzlinien zwischen Innen und Außen, wo man zwar drinnen in Sicherheit war, zugleich aber Schnee und Regen von draußen einen leicht anwehten.) Dabei sah er die Feldhütten weniger als Zufluchts- denn als Rast- oder Ruhestätten. Es genügte ihm später in seiner Gegend auch ein bloßes Gewahrwerden eines hellgrau verwitterten, windschiefen Unterstands, weitweg auf einem Brachacker, im Vorübergehen, und er spürte in sich förmlich das Herz dorthin springen und in der Hütte für den Augenblick einmal zu Hause sein, mitsamt den Fliegen des Sommers, den Wespen des Herbstes und der Kälte der rostenden Ketten im Winter.

Die heimatlichen Feldhütten gab es lange nicht mehr; nur noch die viel größeren, allein zum Heuaufbewahren dienenden Wiesenscheunen. Aber schon zu ihrer Zeit, sehr früh, war für ihn ihr Haus- oder Örtlichkeitszauber auf die Jukeboxen übergegangen. Schon als Halbwüchsiger, mit den Eltern, ging er nicht ins Gasthaus, und nicht zum Limonadetrinken, sondern zur »Wurlitzer« (»Wurlitzer

Is Jukebox«, war der Slogan), zum Plattenhören. Was er von seinem Gefühl des Angekommen- und Aufgehobenseins, jedesmal ja nur vorübergehend, im Bereich der Ackerhütten erzählt hatte, galt wörtlich auch für die Musicboxen. Dabei bedeuteten die äußere Form der jeweiligen Geräte und sogar die Auswahl fürs erste weniger als der besondere Klang, der davon ausging. Er kam nicht, wie zu Hause beim im Herrgottswinkel stehenden Radio, von oben, sondern aus dem Untergrund, und auch, bei vielleicht gleicher Lautstärke, statt vom üblichen Dudelkasten aus einem den Raum durchvibrierenden Innern. Es war, als sei das kein Automat, vielmehr das Zusatzinstrument, mit welchem die Musik – allerdings, so erkannte er im nachhinein, nur eine bestimmte – erst ihren Grundton bekam, vergleichbar etwa dem Geratter eines Zuges, aus dem bei seiner Fahrt über die Eisenbrücke plötzlich ein

urtümliches Donnern wird. Viel später stand einmal ein Kind an so einer Jukebox (in der gerade, von ihm selbst gewählt, Madonnas »Like A Prayer« spielte), noch so klein, daß die ganze Wucht der Lautsprecher unten auf seinen Leib gerichtet war. Das Kind lauschte, ganz Ohr, ganz Ernst, ganz Versenkung, während seine Eltern schon zum Gehen an der Lokaltür standen, es immer wieder rufend, zwischendurch auch, wie um sich bei den anderen Gästen für ihren Sproß zu entschuldigen, es belächelnd, so lange, bis das Lied verklungen war und das Kind, gleichermaßen ernst und andächtig, an Mutter und Vater vorbei auf die Straße hinaus schritt. (War demnach der Mißerfolg jenes obeliskförmigen Jukebox-Modells weniger in seinem ungewohnten Aussehen als vielleicht darin begründet, daß die Musik nach oben, hinauf zur Decke, scholl?)
Anders als bei den Feldhütten aber

genügte ihm bei den Plattenautomaten nicht ihr bloßes Dastehen: sie mußten betriebsbereit sein, still summend – besser noch als gerade von fremder Hand in Gang gesetzt –, möglichst stark leuchtend, wie aus ihrem tiefen Inneren heraus; nichts Trostloseres als so ein dunkler, kalter, ausgedienter Metallkasten, möglicherweise auch noch den Blicken verschämt entzogen mit einer alpenländischen Häkeldecke. Ganz den Tatsachen entsprach das freilich nicht, denn jetzt kam ihm eine defekte Jukebox in dem japanischen Tempelort Nikko in den Sinn, auf einer langen Reise und Wanderung zwischen Süden und Norden die erste in dem Land, unter Zeitschriftenstapeln versteckt, der Münzschlitz, von ihm auf der Stelle freigelegt, mit einem Klebestreifen verschlossen – aber immerhin, endlich. Er hatte zur Feier des Fundes einen zusätzlichen Sake getrunken und draußen in der Winterdämmerung den Zug nach Tokio abfahren lassen. Zuvor war er in einem verlassenen Tempelhof, schon weit oben in den Wäldern, an einem verglühenden, noch blakenden Erdfeuer vorbeigekommen, daneben ein Rutenbesen und ein Schneehaufen, und noch weiter im Bergland hatte sich aus einem Bach ein Steinbrokken gebuckelt, an dem das Wasser beim Drüberhinwegschießen genauso geklungen hatte wie an einem bestimmten anderen Gebirgsbachfelsen – so als empfinge man, bei dafür offenen Ohren, die Übertragung einer halb gesungenen, halb getrommelten Ansprache vor der Vollversammlung der Vereinten Nationen eines Planeten fern im Weltall. In der Nacht dann in Tokio waren die Leute über die kreuz und quer auf den Bahnhofstreppen Liegenden gestiegen, und noch später, in wieder einem Tempelbereich, war vor dem Opferrauch ein Betrunkener stehengeblieben, hatte ge-

betet und war dann in die Dunkelheit weitergeschwankt.
Nicht nur der Bauchklang zählte: Auch die sogenannten »amerikanischen Schlager« nahm er damals aus den heimatlichen Jukeboxen grundanders auf als etwa aus dem Radio zu Hause. Dieses wünschte er zwar sofort lauter gedreht, sooft in der entsprechenden Sendung Paul Anka mit seiner »Diana«, Dion mit seiner »Sweet Little Sheila« und Ricky Nelson mit seiner »Gypsy Woman« kamen, zugleich aber schlechten Gewissens, daß er sich hingezogen fühlte zu solch einer Un-Musik (noch als er später beim Studium endlich einen Plattenspieler im Zimmer hatte, mit dem Verstärker im Radio, blieb der für die ersten Jahre allein dem bestimmt, was nach der Übereinkunft den Namen Musik verdiente). Aus der Jukebox jedoch ließ er selbstbewußt tremolieren, heulen, brüllen, klirren und wummern, was ihn – nicht bloß

erfreute, sondern auch mit Schaudern der Wonne, Wärme und des Gemeinschaftsgefühls überzog. In dem hallenden Stahlgitarren-Ritt von »Apache« wurde das miefkalte und verrülpste »Espresso-Stübchen« an der Durchfahrtsstraße von der »Stadt der Volksabstimmung von 1920« zur »Stadt der Volkserhebung von 1938« angeschlossen an eine ganz andere Elektrifizierung, mit der man, an der leuchtenden Skala in Hüfthöhe, die Nummern von »Memphis, Tennessee« wählen konnte, in sich selbst den geheimnisvollen »Schönen Fremden Mann« heranwachsen spürte und das Rumpeln und Quietschen der Laster draußen auf der Bundesstraße umgewandelt hörte in das gleichmäßig sonore Dahinziehen eines Trecks auf der »Route Sixty-Six«, mit dem Gedanken: Gleich wohin einmal – nur Aufbruch!

Obwohl auch in seiner Gegend die Musicboxen ein Treffpunkt für die Samstagnacht-Tänze waren – ein großer Halbkreis um sie herum war in der Regel freigelassen –, wäre ihm selber dergleichen dann nie in den Sinn gekommen. Wohl schaute er gerne den Tanzenden zu, die in der Schummernis der Lokale vor dem massigen, wie aus dem Boden dröhnenden Lichtergestell zu bloßen Umrissen wurden – nur war für ihn eine Jukebox, wie früher die Ackerhütten, ein Ding der Ruhe, oder etwas zum Ruhigwerden, zum Stillesitzen, in ziemlicher Reg- und fast Atemlosigkeit, unterbrochen nur vom gemessenen, geradezu zeremoniellen, »Drücken«-Gehen. Nie auch geriet er bei seinem Jukebox-Lauschen, wie sonst bei der Musik, die ihm nahkam – sogar der strengklassischen, und der wie eigens entrückten der Epochen davor –, jedesmal und auf der Stelle außer sich, oder wurde fiebrig, oder träumte dahin. Gefährlich am Musikhören, hatte ihm einmal jemand erzählt, sei dessen Vorgaukeln eines erst noch zu Tuenden als bereits Getanem: Der Jukebox-Klang jener Anfangszeit dagegen ließ ihn sich buchstäblich sammeln, weckte, oder oszillierte, in ihm einzig seine Möglichkeitsbilder und bestärkte ihn darin.

Die Orte, wo man wie nirgends sonst sich besinnen konnte, wurden in den Universitätsjahren dann manchmal zu Ausfluchtsorten, vergleichbar den Kinos; während er sich in diese jedoch eher hineinstahl, betrat er seine verschiedenen Jukebox-Cafés jeweils sorgloser, mit der Selbstbeschwichtigung, die bewährten Orte der Sammlung seien auch die richtigen für das Lernen. Das erwies sich als eine Täuschung, denn wenn er sich den in solcher Öffentlichkeit durchgegangenen Stoff dann im stillen, etwa vor dem Einschlafen, zu wiederholen versuchte, war in der Regel wenig davon übrig. Was er einer jener Nischen oder Unterschlüpfe in der Kälte des Studiums allerdings verdankte, waren Erlebnisse, für die er jetzt, beim Aufschreiben, nur das Beiwort »wunderbar« hatte. An einem Spätwinterabend saß er, in den Skripten das um so stärker anstreichend, was er umso weniger aufnahm, in einem seiner bewährten Jukebox-Cafés. Dieses lag an einem für dergleichen eher untypischen Ort, am Rand des Stadtparks, und auch die Kuchenvitrinen und die Marmortischchen paßten nicht zu seinem Ding. Die Box spielte, aber er wartete wie immer auf die von ihm selbst gedrückten Nummern; dann erst war es richtig. Auf einmal, nach der Plattenwechselpause, die, mitsamt ihren Geräuschen – dem Klicken, dem Suchsurren, hinwärts und herwärts durch den Gerätbauch, dem Schnappen, dem Einrasten, dem Knistern vor dem ersten Takt –, gleichsam zum Wesen der Jukebox gehörte, scholl von dort aus der Tiefe eine Musik, bei der er zum ersten Mal im Leben, und später nur noch in den Augenblicken der Liebe, das erfuhr, was in der Fachsprache »Levitation« heißt, und das er selber mehr als ein Vierteljahrhundert später wie nennen sollte: »Auffahrt«? »Entgrenzung«? »Weltwerdung«? Oder so: »Das – dieses Lied, dieser Klang – bin jetzt ich; mit diesen Stimmen, diesen Harmonien bin ich, wie noch nie im Leben, der geworden, der ich bin; wie dieser Gesang ist, so bin ich, ganz!«? (Wie üblich gab es dazu eine Redensart, aber, wie üblich, entsprach sie nicht ganz: »Er ging in der Musik auf«.) Ohne zunächst wissen zu wollen, wer die Gruppe war, deren Stimmen, getragen von den Gitarren, gleichermaßen einzeln, durcheinander und endlich unisono erbrausten – er hatte in den Jukeboxen bisher die Allein-Sänger bevorzugt –, staunte er einfach. Auch in den folgenden Wochen, da er täglich für Stunden in das Lokal kam, um in diesem großen, dabei so leichtsinnigen Schall zu sitzen, den er sich von den anderen Gästen bieten ließ, verharrte er in einem Staunen, das keine Namens-Neugier kannte. (Unversehens war die Musicbox der Mittelpunkt der »Parkstube« geworden, wo sonst mehr die Gestelle der Zeitungshalter klapperten, und als Platten folgten aufeinander in einem fort nur die paar jener Gruppe Namenlos.) Als er dann aber bei seinem selten gewordenen Radiohören einmal erfuhr, wie der Chor der frechen Engelszungen hieß, die mit ihrem mir nichts, dir nichts hinausgeschmetterten »I want to hold your hand«, »Love me do«, »Roll over Beethoven« alles Gewicht der Welt von ihm nahmen, wurden das die ersten sozusagen »unernsten« Platten, die er sich kaufte (er kaufte in der Folge fast nur noch solche), und war dann in dem Säulen-Café er es, der solange die Tasten für »I saw her standing there« (eben an

der Jukebox) und »Things we said today« drückte (inzwischen blind, die Zahlen und Buchstaben besser im Kopf als die Gesetzestexte), bis da eines Tages die falschen Lieder, die lügnerischen Stimmen losschnickschnackten: man hatte das alte Schild stehenlassen und den »aktuellen Hit«, deutschsprachig, untergeschoben ... Und heute noch dachte er, das Anfänger-Schallen der Beatles im Ohr, aus jener von Parkbäumen umstandenen Wurlitzer: Wann würde je wieder solch eine Anmut in die Welt treten?
In den Jahren darauf verloren die Jukeboxen für ihn von ihrer Magnetkraft – weniger vielleicht, weil er die Musik nun eher in den Wohnungen hörte, und sicherlich nicht, weil er älter wurde, sondern – so glaubte er zu erkennen, als er sich an den »Versuch« machte – weil er inzwischen im Ausland lebte. Selbstverständlich warf er immer noch sofort eine Münze ein, sooft er sich, in Düssel-

dorf, Amsterdam, Cockfosters, Santa Teresa di Gallura, vor einem seiner dienstbereit brummenden und farblichterspielenden Haus-Freunde fand, aber das war eher eine Gewohnheit oder Tradition, und das Zuhören geschah dabei meist nur noch mit halbem Ohr. Ihr Sinn kehrte dagegen auf der Stelle zurück bei seinen episodischen Zwischenstationen dort, wo eigentlich seine Stammgegend hätte sein sollen. Wo die einen ihr erster Weg daheim »auf den Friedhof«, »an den See« oder »in das Stammlokal« führte, so ihn, oft gleich von der Bushaltestelle, nicht selten zu einer Musicbox, von der gehörig durchdröhnt er sich, hoffentlich, weniger fremd und ungelenk auf seine übrigen Wege machte.

Und doch war dann von Jukeboxen im Ausland zu erzählen, die nicht bloß nebenher ihre Platten, sondern auch eine Rolle, im Mittelpunkt größerer Geschehnisse, gespielt hatten. Das war dabei jedesmal, über das bloße Ausland hinaus, an einer Grenze gewesen; an dem Ende einer vertrauten Art Welt. War Amerika sozusagen »die Heimat der Jukeboxen«, so hatte sich ihm aber dort keine je auf diese Weise eingeprägt – es sei denn, und dort immer wieder, in Alaska. Nur: Gehörte Alaska für ihn zu den »Vereinigten Staaten«? – An einem Heiligen Abend war er so in Anchorage angekommen und nach der Weihnachtsmette, wo dann vor der Tür der kleinen Holzkirche unter all den Unbekannten, ihn eingeschlossen, eine seltene Fröhlichkeit gewirkt hatte, noch in eine Bar gegangen. In der Schummrigkeit und dem Durcheinander der Betrunkenen sah er dort an der funkelnden Jukebox als die einzige ruhige Gestalt eine Indianerin stehen. Sie hatte sich ihm zugewendet, ein großes, stolzes, auch spöttisches Gesicht, und das wurde das einzige Mal, daß er zum Pochen einer Jukebox mit jemandem tanzte. Selbst die ansonsten zum Raufen Bereiten wichen ihnen dabei aus, so als sei diese Frau, jung, oder eher alterslos, wie sie war, gleichsam die Raumälteste. Später waren sie miteinander durch eine Hintertür gegangen, wo in einem vereisten Hof ihr Überlandwagen, die Seitenfenster bemalt mit den Umrissen der Alaska-Kiefern an einem leeren Binnensee, parkte; es schneite. Aus dem Abstand, ohne daß sie, außer in der Leichthändigkeit des Tanzens, einander berührt hatten, forderte sie ihn auf, mit ihr zu kommen, sie betreibe mit ihren Eltern eine Fischerei in einem Dorf dort jenseits des Cook-Inlet. Und für diesen Augenblick wurde ihm klar, daß in seinem Leben endlich einmal eine nicht von ihm allein, sondern von jemand anderem vorgestellte Entscheidung möglich war: Sofort konnte auch er es sich vorstellen, mit der fremden Frau hinter die Grenze dort im Schnee zu ziehen, vollkommen ernst, für immer, ohne Wiederkehr, auch mit dem Aufgeben seines Namens, seiner Art Arbeit, jeder einzelnen seiner Gewohnheiten; diese Augen da, jener Ort jenseits des Vertrauten, oft vorgeschwebt – es war der Moment, in dem Parzival vor der erlösenden Frage stand, und er? vor dem entsprechenden Ja. Und wie Parzival, und nicht weil er unsicher war – er hatte ja das Bild –, sondern als sei ihm das eingefleischt und gehöre sich so, zögerte er, und im nächsten Moment war das Bild, die Frau, buchstäblich in der Schneenacht verschwunden. Die folgenden Abende ging er immer wieder in das Lokal, wartete auf sie bei der Jukebox, fragte dann sogar und forschte nach ihr, aber obwohl sich viele an sie erinnerten, konnte ihm keiner sagen, wo sie zu Hause war. Noch ein Jahrzehnt später war dieses Erlebnis mit der Anstoß, daß er vor dem Rückflug von Japan sich eigens einen Vormittag für ein amerikanisches Visum anstellte, dann tatsächlich im wiederum winterdunklen Anchorage ausstieg und für einige Tage kreuz und quer durch die schneeverwehte Stadt zog, an deren klarer Luft und weiten Horizonten sein Herz hing. Sogar nach Alaska war inzwischen die neue Kochkunst gedrungen, und jener »Saloon« hatte sich in ein »Bistro« verwandelt, mit der zugehörigen Speisekarte, ein Aufstieg im Ansehen, das naturgemäß, und so war es nicht nur in Anchorage zu sehen, neben dem hell und leicht gewordenen Mobiliar keine schwere altertümliche Musikmaschine mehr duldete. Ein Indiz für eine solche aber waren die aus einer schlauchförmigen Baracke wie aus der hintersten Ecke dort auf den Gehsteig torkelnden Gestalten – aller Rassen – oder ein draußen zwischen den Eisschollen, von einer Polizeistreife umzingelt, um sich Schlagender – in der Regel ein Weißer –, der dann, bäuchlings zu Boden gestreckt, die Schultern und die ihm hinten an die Schenkel geknickten Schienbeine festgeschnürt, die Hände am Rücken in Handschellen, schlittenförmig aufgekrümmt auf Eis und Schnee zu dem hinten offenen Abtransportfahrzeug befördert wurde: Da im Innern der Baracke begrüßte einen dann verläßlich, gleich vorn neben der Theke, auf der die Köpfe speichelnder und erbrechender Schläfer (Männer wie Frauen, vor allem Eskimos) ruhten, eine klassisch den Raumschlauch beherrschende Jukebox, mit den entsprechend urwüchsigen Liedern – man konnte etwa darauf zählen, sämtliche Singles der Creedence Clearwater Revival vorzufinden und sogleich durch die Schwaden John Fogertys inständiges finsteres Klagen schneiden zu hören, darüber, daß er auf seiner Sängerirrfahrt »irgendwo den Zusammenhang« verlor, und »Hätte ich wenigstens einen Dollar, für jedes Lied, das ich sang!«, während unten vom Bahnhof, im Winter nur für Güter offen, das Signal einer Lok mit der für den Hohen Norden sonderbaren Aufschrift »Southern Pacific Railway« seinen die Stadt durchtönenden langgezogenen einzigen Orgelton hören läßt und an einem Draht von der Brücke zu dem nur Sommers offenen Bootshafen ein erdrosselter Rabe baumelt.

Waren die Musicboxen demnach etwas für Müßiggänger, für die Stadt- und die, heutzutage moderneren, Weltteil-Flaneure? – Nein. Er jedenfalls suchte sie weniger auf in den Zeiten des Nichtstuns als jenen der Arbeit, oder eines Vorhabens, und, das besonders, nach der Rückkehr aus all den Ausländern in den Bereich seines Herkommens. Was vor den Stunden des Schreibens das Gehen zur Stille, war danach, fast ebenso regelmäßig, das Gehen zu einer Jukebox. – Um sich abzulenken? – Nein. Er wollte, wenn er schon einmal etwas auf der Spur war, um nichts in der Welt mehr davon abgelenkt werden. Sein Haus war mit der Zeit tatsächlich ein Haus ohne Musik geworden, ohne Plattenspieler und dergleichen; sooft im Radio nach den Nachrichten gleich welcher erste Takt einsetzte, schaltete er ab; auch wenn ihm die Zeit lang wurde, in den Stunden der Leere und der stumpf gewordenen Sinne, genügte die Vorstellung, er säße statt so für sich jetzt vor dem Fernseher, und er zog seinen augenblicklichen Zustand vor. Sogar die Kinos, die doch früher nach der Arbeit eine Art Obhut gewesen waren, mied er immer mehr: zu oft befiel ihn inzwischen, gerade in ihnen, eine Weltverlassenheit, aus der er befürchtete, nie mehr zurück und zu seiner Sache zu finden, und daß er dann mitten im Film hinausging, war allein die Flucht aus solch nachmittäglichen Alpträumen. – Also ging er zu den Jukeboxen, um sich, wie am Anfang, zu sammeln? – Auch das war es nicht mehr. Vielleicht konnte er, der in Soria im Lauf der Wochen versucht hatte, die Schriften der Teresa von Avila zu buchstabieren, das »Sitzengehen« zu seinen Dingern nach dem Am-Schreibtisch-Sitzen mit einem etwas frechen Vergleich erklären: Die Heilige war beeinflußt gewesen von einem Glaubensstreit vor ihrer Zeit, Anfang des 16. Jahrhunderts, zwischen zwei Gruppen, betreffend die Annäherungsweise an Gott: die eine, die sich dazu »sammeln« zu sollen glaubte – die sogenannten *recogidos* – durch Zusammenziehen der Muskeln und dergleichen, und die andern, *dejados*, »Lasser« oder »Gelassene« genannt, die sich untätig einfach dem überließen, was der Gott in ihrer Seele, *alma*, anzurichten wünschte, und die Teresa von Avila schien dann näher den

Lassern als den Sich-Sammlern gewesen zu sein, denn wenn jemand darauf aus sei, sich mehr Gott zu geben, könne er dabei überwältigt werden von dem Dämon – und so saß sozusagen auch er bei seinen Jukeboxen, nicht um sich zu konzentrieren für das Weitertun, sondern um sich dafür zu lassen. Ohne daß er anderes tat, als ein offenes Ohr für die besonderen Jukeboxakkorde zu haben – »besonders« auch, weil er, an einem öffentlichen Ort, ihnen nicht ausgesetzt war, sondern sie gewählt hatte, gleichsam persönlich sie »spielte« –, gestaltete sich dann in ihm, der sich ließ, die Fortsetzung: Längst leblos gewordene Bilder kamen in Schwung und Schwebe, brauchten so nur noch niedergeschrieben zu werden, während er neben (spanisch *junto*, verbunden) der Musicbox Bob Marleys »Redemption Songs« hörte; und mit dem Tag für Tag wiederholten »Una notte speciale« der Alice trat in die

Erzählung, an welcher er saß, unter anderem, sich weiter und weiter auffächernd, eine ganz ungeplante Frauenfigur; und anders als bei zu vielem Trinken, hatte, was er sich bei solchem Hören notierte, am Tag darauf Bestand. Nicht allein zum, möglichst weiten, Gehen brach er also in jenen Bedenkzeiten auf (die wurden nie mit Absicht, zu Hause, am Tisch, fündig – ein willkürliches Denken kannte er nur als Vergleichen und Unterscheiden), sondern auch hinaus zu den Jukebox-Lokalen. Wenn er dann in der Zuhälterbar saß, deren Box einmal eine Pistolenkugel abbekommen hatte, oder in dem Arbeitslosencafé mit dem Tisch für die Freigänger aus der nahen Nervenklinik – stumme, reglose Bleichgesichter, in Bewegung nur für das Schlucken der Tabletten mit Bier –, wollte ihm niemand glauben, nicht wegen des Milieus sei er gekommen, vielmehr zum wiederholten Hören von »Hey Joe« und

»Me and Bobby McGee«. – Hieß das aber nicht, daß er die Jukeboxen aufsuchte, um sich, wie man so sagte, aus der Gegenwart wegzustehlen? – Vielleicht. Das Gegenteil war jedoch dann in der Regel der Fall: Neben seinem Ding bekam, was sonst noch herumwar, eine ganz eigene Gegenwärtigkeit. Wenn möglich, nahm er in jenen Lokalen seinen Sitz dort ein, wo er den ganzen Raum und noch einen Ausschnitt von draußen im Auge hatte. Da kam es nun, im Verein mit der Jukebox, zusammen mit dem Dahinphantasieren, ohne das ihm so zuwidere Beobachten, oft zu einem Sich-Verstärken, oder eben Gegenwärtigwerden, auch der anderen Anblicke. Und was sich an ihnen vergegenwärtigte, waren weniger die Auffälligkeiten oder die Reize als die Üblichkeiten, auch nur die gewohnten Formen oder Farben, und solche verstärkte Gegenwart erschien ihm dabei als etwas

Wertvolles – nichts Kostbareres und Überlieferungswürdigeres als sie; eine Art des Gewärtigwerdens wie sonst nur bei einem die Bedachtsamkeit weckenden Buch. Es *besagte* dann etwas, einfach, wenn ein Mann ging, ein Strauch sich bewegte, der Obus gelb war und zum Bahnhof abbog, die Straßenkreuzung ein Dreieck bildete, die Kellnerin an der Tür stand, die Kreide auf dem Rand des Billardtisches lag, es regnete, und, und, und. Ja, das war es, der Gegenwart wurden die Gelenke eingesetzt! So verdienten ein Augenmerk sogar die kleinen Gewohnheiten von »uns Jukeboxspielern« und die wenigen Varianten. Während er selber beim Drücken meist eine Hand in die Hüfte gestützt hatte und sich, fast in Berührung mit dem Ding, ein wenig vorbeugte, wählte ein anderer beidhändig breitbeinig im Abstand, mit von sich gestreckten Armen wie ein Techniker, ließ der dritte seine Finger von den Tasten auffliegen wie ein Pianist, ging danach sofort weg, seiner Sache sicher, oder blieb, wie auf ein Versuchsergebnis wartend, bis zum Einsetzen des Tons stehen (und verschwand dann vielleicht ohne weiterzuhören hinaus auf die Straße), oder ließ grundsätzlich all seine Spiele nur von anderen in Gang setzen, denen er vom Tisch aus die auswendig gewußten Kennzeichen zurief – wobei ihnen allen gemein war, daß sie in einer Jukebox so etwas wie ein Wesen, eine Art Haustier, zu sehen schienen: »Seit gestern will sie nicht so recht«, »Ich weiß nicht, was die heute hat, sie spinnt.« – Galt ihm denn tatsächlich eines dieser Geräte wie das andere? – Nein. Es gab bestimmende Unterschiede, zwischen klarer Abneigung und geradezu Zärtlichkeit oder ausgesprochener Ehrerbietung. – Vor einem Serienerzeugnis? – Vor den Menschenspuren daran. Die Form des Geräts selbst zählte für ihn mit der Zeit noch weniger. Seinetwegen konnte die Jukebox, als Kriegserzeugnis, auch aus Holz sein, oder statt »Wurlitzer« »Musiktruhe«, »Symphonie« oder »Fanfare« heißen und das Kästchen-Aussehen solch eines deutschen Wirtschaftswunderdings haben, sogar völlig lichterlos sein, aus dunklem, undurchsichtigem Glas, geräuschlos und dem Anschein nach kaltgestellt, wo dann aber nach dem Münzeinwurf die Schrift für die Mehrfachwahl aufleuchtete und nach dem Tastendrücken aus dem Innern das Surren anhob, begleitet von dem Suchlicht außen an der schwarzen Glasfront. Nicht einmal jener besondere Jukebox-Klang war ihm inzwischen mehr so entscheidend, aus der Tiefe wie unter vielen lautlosen Schichten wirkend, das ganz eigentümliche Röhren, das oft erst mit dem Lauschen sich hören ließ, ähnlich, so dachte er einmal, wie in William Faulkners Erzählung eben der »Strom«

in dem horizontweit von ihm überschwemmten Land sich tief unter den stillen, stehenden Seewassern hören läßt als »the roaring of the Mississippi«: Bei Bedarf begnügte er sich mit einem Wandkasten, wo der Ton flacher, oder blecherner, herauskam als je aus einem Handradio, und zur Not, im Lokallärm, der Ton unhörbar geworden, tat es sogar ein gewisses rhythmisches Vibrieren der Luft, aus welchem er den Refrain oder auch bloß einen Takt der – einzige Bedingung – von ihm gewählten Musik heraushörte, woraus dann in seinem Ohr, von Vibration zu Vibration, das ganze Lied sich vorspielte. Einen Widerwillen dagegen hatte er vor jenen Musicboxen, wo das Angebot der Lieder, statt einmalig zu sein und am Standort »persönlich« sortiert, selber Teil einer Serie war, von Ort zu Ort, quer durch ein ganzes Land, gleich, variantenlos, und den einzelnen Lokalen vorgesetzt, ja, aufgezwungen von einer namenlosen Zentrale, welche er sich nur als eine Art von Mafia, der Mafia der Jukeboxen, vorstellen konnte. Solche – es gab in allen Ländern inzwischen fast nur noch sie – Serienblöcke ohne Spielarten, mit einer Auswahlmöglichkeit allein unter dem gerade Aktuellen, erkannte man schon, auch wenn sie in ein altehrwürdiges Wurlitzermodell eingelassen waren, an dem nicht einmal mehr maschinegeschriebenen, sondern vorgedruckten Programm, vorgefertigt über die einzelnen Schildchen mit den Sängernamen und Liedtiteln hinaus das ganze Feld. Doch seltsamerweise mied er auch jene Jukeboxen, deren Programmtafel, wie die Speisekarte bestimmter Restaurants, von oben bis unten, von links bis nach rechts, eine einzige persönliche Handschrift zeigten, obwohl in der Regel gerade da jede einzelne Platte wie für ihn allein bestimmt war: Das Programm einer Jukebox sollte ihm keine Absicht – auch keine noch so edle – verkörpern, keine Kennerschaft, kein Eingeweihtsein, keine Harmonie – es hatte ihm ein Durcheinander vorzustellen, mit seinem Teil an Unbekanntem (mit den Jahren mehr und mehr) und auch gehörig vielen Stücken zum Flüchten, dazwischen freilich, um so kleinodhafter, genau die Weisen (ein paar wenige, herauszusuchen aus dem unübersichtlichen Feld, genügten), die ihm im Augenblick entsprachen. Auch solche Musicboxen gaben sich schon an ihren Auswahlflächen zu erkennen; mit dem Mischmasch von Maschin- und Handgeschriebenem, und vor allem der Vielfalt der oft von Titelschild zu Titelschild wechselnden Handschriften, eine in Blockbuchstaben, mit Tinte, die nächste in lässiger, fast stenographischer Sekretärinnen-Manier, die meisten aber, auch bei unterschiedlichsten Schlaufen und Buchstabenrichtungen, mit dem Anschein besonderer Sorgfalt und Ernsthaftigkeit, manche, Kinderschriften gleich, wie gemalt, und zwischen all den Fehlern immer wieder vollkommen richtig geschriebene (samt Akzenten und Bindestrichen), für die betreffende Kellnerin wohl sehr fremdländisch gewesene Liedernamen, das Papier hier und dort schon vergilbt, die Schriften verblichen und schwer zu entziffern, vielleicht auch überklebt von frischbeschriebenen Plättchen mit einem anderen Titel, aber, da durchscheinend, wenn schon unleserlich, doch eine starke Ahnung gebend. Mit der Zeit immer mehr galt sein erster Blick auf das Auswahlfeld einer Jukebox statt »seinen« den mit solchen Handschriften bezeichneten Platten, und wenn es nur eine einzige war. Und es kam vor, daß er, mochte sie ihm auch vorher fremd oder ganz unbekannt gewesen sein, gerade diese dann anhörte. So hatte er einmal in der Nordafrikanerbar einer Pariser Vorstadt, vor einer Jukebox (an deren durchweg französischen Einheitsnummerntafel sofort als Mafialieferung kenntlich) am Rand doch einen Aufkleber entdeckt, handbeschrieben, mit sehr großen, unregelmäßigen Buchstaben, jeder geprägt wie ein Ausrufezeichen, hatte das eingeschmuggelte arabische Lied gewählt, dann immer wieder, und war noch jetzt hier begleitet von jenem weithin schallenden SIDI MANSUR, das, so sagte der für einen Augenblick aus seiner Stummheit erwachende Barmann, der Name eines »besonderen, nicht gewöhnlichen Ortes« sei (»man geht dort nicht einfach so hin!«).

Sollte das heißen, daß er das Verschwinden seiner Jukeboxen, dieser gestrigen Gegenstände, wahrscheinlich auch ohne zweite Zukunft, bedauerte?

Nein. Er wollte nur, bevor es auch ihm selbst aus dem Blick geriet, festhalten und gelten lassen, was ein Ding einem bedeuten und, vor allem, was von einem bloßen Ding ausgehen konnte. – Die Gaststätte einer Sportanlage am Stadtrand von Salzburg. Außen. Ein heller Sommerabend. Die Jukebox steht im Freien, neben der offenen Tür. Auf der Terrasse von Tisch zu Tisch verschiedene Gäste, Holländer, Engländer, Spanier, die sich jeweils in ihren Sprachen unterhalten, denn das Lokal bedient auch den anschließenden Campingplatz, vor dem Flugfeld. Es ist Anfang der achtziger Jahre, der Flughafen ist noch nicht der »Salzburg Airport«, die letzte Maschine bei Sonnenuntergang gelandet. Die Bäume zwischen Terrasse und Sportplatz sind Birken und Pappeln, in der warmen Luft ein unentwegtes Blätterflirren vor dem tiefgelben Himmel. An einem Tisch sitzen die Einheimischen, die Mitglieder des »Arbeitersportvereins Maxglan« mit ihren Frauen. Die Fußballmannschaft, damals noch in der zweiten Liga, hat am Nachmittag wieder ein Match verloren und wird wohl absteigen. Jetzt am Abend aber reden die Betroffenen, während an der Schankluke ein ständiges Kommen und Gehen ist – von den Zelten hin und zurück –, auch einmal von den Bäumen. Sie betrachten sie dabei: Wie groß sie geworden und wie gerade sie doch gewachsen sind, seit sie, die Vereinsmitglieder, seinerzeit die Schößlinge gemeinsam und eigenhändig drüben aus der schwarzen Moos-Erde ausgegraben und in Reihen eingepflanzt haben in die braune Lehmerde hier! Das Lied, das die Jukebox draußen, in den Pausen das Rauschen und Raspeln der Blätter und das Gleichmaß der Stimmen, an jenem Abend immer wieder in das mähliche Dunkelwerden hinausträgt, wird gesungen mit unternehmungslustiger Stimme von Helen Schneider und heißt »Hot Summer Nites«. Das Lokal ist dabei innen vollkommen leer, und zu den offenen Fenstern wehen die weißen Vorhänge herein. Dann sitzt einmal doch jemand in einer Ecke, eine junge Frau, lautlos weinend. – Jahre später. Ein Gasthaus, eine *gostilna*, auf einer Kuppe des jugoslawischen Karstes, etwas abseits der Durchfahrtsstraße von Štanjel (oder San Daniele del Carso). Innen. Eine wuchtige altertümliche Jukebox neben dem Schrank, auf dem Weg zum Klosett. Hinter Kunstglas sichtbar Plattenkreis und Spielteller. Für den Betrieb werden statt Münzen Jetons gebraucht, und es genügt dann nicht das Drücken der Taste – es gibt nur eine –, sondern zuvor hat eine Skala gedreht zu werden, bis die gewünschte Nummer und der Richtstrich zusammenpassen. Der mechanische Arm legt dann die Platte mit einer Eleganz auf, vergleichbar dem Ellbogenknick, mit dem ein formvollendeter Kellner ein Gericht serviert. Die *gostilna* ist weitläufig, mit mehreren Räumen, die an diesem Frühherbstabend – draußen bläst ohne je eine Minderung über das Hochland von den Nordbergen her die *burja* oder *Bora* hin – voll, von fast nur jungen Leuten, sind: ein Schlußfest mehrerer Klassen aus allen Republiken Jugoslawiens; sie haben sich hier erstmals, über Tage, getroffen. Einmal dringt durch den Wind von den Felsen herauf das typische Signal des Karstzugs, mit dem dunklen Ton einer Gebirgsfähre. Dem üblichen Tito-Bild gegenüber hängt an einer Wand ein ebenso farbiges, nur noch viel größeres eines Unbekannten: Es ist das Porträt des ehemaligen Inhabers, der sich das Leben genommen hat; seine Frau sagt, er sei nicht von hier gewesen (wenn auch nur aus dem nächsten Taldorf). Das Lied, das an diesem Abend, gedrückt von einem der Schüler nach dem andern, immer wieder durch die Säle geht, wird gesungen als ein selbstbewußtes, dabei kindlich-heiteres und sogar, in der Vorstellung von einem Volk, tanzbares Unisono und hat als Refrain ein einziges Wort: »Jugoslavija!« – Noch einmal Jahre später. Wieder ein Sommerabend, noch vor der Dämmerung, diesmal auf der italienischen Seite des Karstes, richtiger, genau an der Grenze des einst aus dem Meer gehobenen Kalksockels zur felslosen Tiefebene, bezeichnet hier durch die Gleise des Bahnhofs von Monfalcone: jenseits davon gleich die zum Plateau ansteigende Steinwüste, an diesem Schienenstück verdeckt von einem Kiefernwäldchen – diesseits das Stationsgebäude, umgeben von der sofort ganz anderen Vegetation der Zedern, Palmen, Platanen, Rhododendren, samt dem zugehörigen Wasser, reichlich sich bei sorglos offenem Hahn aus dem Bahnsteigbrunnen ergießend. Die Jukebox steht in der Bar, unter dem nach der Tageshitze weit offenen Fenster; offen auch die Tür, hinaus auf das Gleisfeld. Sonst ist das Lokal fast ohne Mobiliar; das wenige ist beiseite geschoben, und es wird bereits aufgewischt. In dem nassen Terrazzoboden scheinen die Lichter der Jukebox wider, ein Glanz, der dann mit dem Trocknen allmählich verschwindet. Sehr blaß zeigt sich das Gesicht des Barmädchens im Fenster, gerade im Vergleich mit den gebräunten der draußen wartenden paar Reisenden. Nach der Abfahrt des Schnellzugs Triest-Venedig erscheint das Gebäude dann leer; einzig auf einer Bank ringen miteinander lauthals zwei Halbwüchsige, deren Spielplatz der Bahnhof im Augenblick ist. Aus der Finsternis zwischen den Karstkiefern drüben schwirren schon die Nachtfalter hervor. Ein langer versiegelter Güterzug klirrtpocht vorbei, außen an den Waggons, als das einzig Helle, die an ihren Schnüren nachwehenden kleinen Plomben. Mit der folgenden Stille – es ist die Zeit zwischen den letzten Schwalben und den ersten Fledermäusen – setzt an dem Ort der Jukebox-Klang ein. Die Jugendlichen raufen noch ein bißchen weiter. Nicht zum Hören, wohl eher zufällig, treten zwei Beamte aus ihren Büros auf den Quai, und aus dem Warteraum kommt eine Putzfrau. Auf einmal zeigen sich überall in dem Bereich bisher übersehene Gestalten. Auf der Bank beim Buchsbaum ein Schlafender. Im Gras hinter der Toilette lagert eine ganze Gruppe von Soldaten, ohne eine Spur von Gepäck. Auf dem Bahnsteig für Udine, gelehnt an einen Pfeiler, ein massiger Schwarzer, ebenfalls ohne Gepäck, allein in Hemd und Hose, vertieft in ein Buch. Aus dem Kieferndickicht dahinter kurvt immer wieder, eins dicht hinter dem andern, ein Taubenpaar. Es ist, als seien sie alle hier keine Reisenden, sondern die Bewohner, oder Ansiedler, des Bahnhofsgebiets. Dessen Zentrum ist der Brunnen, mit dem schäumenden, in der Brise verwehenden und spritzenden Trinkwasser und den Spuren, rings im Asphalt, vieler nasser Sohlen, denen der letzte Trinker jetzt ausdrücklich seine eigenen beimischt. Ein wenig weiter, den Gleisen entlang, zu Fuß zu erreichen, kommt der unterirdische Karstfluß Timavo ans Licht, mit drei Armen, die zur Zeit Vergils, laut *Äneis*, noch neun waren, wird gleich breit und mündet auch schon ins Mittelmeer. Das Lied, das die Jukebox da spielt, erzählt von dem Brief einer jungen Frau, die es weit weg verschlagen hat aus ihrer Gegend und von allem Gewohnten wie Erträumten, und die nun ganz tapferes, vielleicht auch trauriges Staunen ist, wird gesungen in das abendliche Bahnhofsland von Monfalcone hinaus von der Freundinnen-Stimme der Michelle Shocked und heißt »Anchorage, Alaska«.

Während der Wochen in Soria gelang es

ihm manchmal, von dem, was er tat, zu denken: »Ich tue meine Arbeit. Sie entspricht mir.« Daneben kam ihm einmal jenes »Ich habe Zeit« ohne den üblichen Hintergedanken in den Sinn, als der eine große Gedanke. Es regnete und stürmte über die kastilische Hochebene fast jeden Tag, und er benützte seine Bleistifte auch zum Befestigen des Vorhangs in den Fensterritzen. Mehr setzte ihm immer noch zu der Lärm. Aus dem Fische-Abschuppen unten vor der Küchentür wurde ein tägliches Zerlegen, mit dem Beil, ganz anderer Tiere, und die so anmutig geschlungenen Wege gleich draußen in der Steppenhalde stellten sich als Moto-Cross-Strecke heraus. (Soria bewarb sich, erfuhr er, sogar für die Europameisterschaft.) Im Fernsehen betrachtet war dieser Sport, mit den gleich Video-Spielfiguren in die Lüfte federnden Helden, etwas Bewundernswertes, aber am Tisch jetzt erschien ihm das

Surren einer Hornisse gegen seinen Kopf im Vergleich eine Wohltat. Immer wieder kam er von unterwegs voll Kraft – seiner Art Kraft – zur Arbeit zurück und verlor sie im Tumult auf der Stelle. Der Krach zerstörte, nicht nur etwas für den Augenblick, sondern für immer. Das Bedenkliche war, daß er dabei in Gefahr geriet, eine Tätigkeit wie sein Bilder-Erfühlen und das entsprechende Worte-Setzen, die so viel Abgeschiedenheit benötigte, geringzuschätzen. Andererseits hatte er sich in der Stille tatsächlich zuweilen verirrt, und war gerade in der Schwäche – dem Zweifel, noch mehr der Hoffnungslosigkeit –, rein aus ihr heraus und der Umgebung zum Trotz, an sein Tun gehend, jeweils erstarkt. Täglich zog er seinen Bogen an der Fassade von Santo Domingo vorbei – nein, das war, im Gegensatz zu den Neubauten dahinter, keine Front. Ruhe ging davon aus, er brauchte sie nur aufzunehmen. Zum

Staunen die Erzählweisen der Skulpturengeschichten: Eva, von Gott dem Adam zugeführt, stand zugleich schon Rücken an Rücken mit ihrem Mann, wie er in der Szene danach zu dem Baum der Erkenntnis aufschaut, und die Kunde der Auferstehung, von einer der Frauen dem ersten in der sehr langen Reihe der Apostel gegeben, pflanzte sich gleichzeitig, zu sehen an den sprechenden Körperhaltungen, schon bis nach hinten fort; nur der letzte, bewegungslos, schien noch nichts zu wissen. Vor der Arbeit ging er mit kleinen Schritten, danach mit größeren, nicht aus Triumphgefühl, sondern weil ihm schwindlig war. Bergaufgehen ließ ihn tiefer atmen und klarer denken, nur durfte es nicht zu steil sein, weil ihm sonst die Gedanken zu hitzig wurden. Ebenso zog er das Stromaufgehen der anderen Richtung vor, es hatte etwas von einem Entgegengehen, auch mit der aus dieser kommenden Energie.

Wollte er sich vom Grübeln abhalten, so nahm er den Weg auf den Schwellen der ausgedienten Zuglinie Soria-Burgos, oder noch weiter zur Stadt hinaus ins Dunkle, wo er auf jeden Schritt achten mußte. Kam er aus der Finsternis der Steppe dann in die Straßen zurück, war er von dem Dahintasten so angespannt, daß er sich vor dem Figurenspiel von Santo Domingo lockern und die Starre aus dem Gesicht walken wollte. Er wiederholte seine Wege, fügte nur täglich eine Variante hinzu; dabei erschien es ihm, als warteten auch alle sonstigen Wege darauf, begangen zu werden. An der Promenade Antonio Machados lagen ganze Jahrgänge von Taschentüchern und Präservativen. Tagsüber waren in den Steppen außer ihm fast nur alte Männer unterwegs, in der Regel einzeln, mit abgetretenen Schuhen; bevor sie sich schneuzten, zogen sie umständlich die gefalteten Taschentücher hervor und schüttelten sie. Vor der Arbeit machte er sich eine Regel daraus, wenigstens einen von ihnen zu grüßen, auch in der Absicht, zurückgegrüßt zu werden; ehe er den Augenblick dieses Lächelns nicht erlebt hätte, wollte er nicht in sein Zimmer; manchmal blieb er sogar eigens stehen und ließ sich überholen, um zu dem »Hola!« und dem Köpfewerfen zu kommen. Noch vorher las er, in der Zentralbar von Soria an einem großen Fenster, mit Hilfe des Wörterbuchs täglich die Zeitung. *Llavero* war der »Schlüsselbund«: mit erhobenem Schlüsselbund nahm eine Frau an einer Demonstration in Prag teil; *dedo pulgar* war der Daumen: der amerikanische Präsident streckte zum Zeichen der erfolgreichen Blutspritztour nach Panama seinen Daumen in die Luft; *puerta giratoria* war die Drehtür (durch die Samuel Beckett seinerzeit in die Pariser »Closerie des Lilas« getreten war). Die Nachricht von der

Exekution des Paares Ceauçescu las er nicht mit Genugtuung, sondern mit altem, frischerwachten Grauen vor der Geschichte. Wann immer es sich ergab, entzifferte er Theophrasts Charaktere weiter und gewann viele von ihnen, jedenfalls in einigen ihrer Züge – die er vielleicht auch als die seinen erkannte –, lieb; es schien ihm, ihre Schwächen und Dummheiten seien Zeichen einsamer Menschen, die mit der Gesellschaft, in diesem Fall der griechischen Polis, nicht zurechtkamen und, um doch auf eine Weise dazuzugehören, mit dem Mut der Verzweiflung ihr lächerliches Spiel spielten; wenn sie übereifrig, extra-jugendlich, prahlerisch, oder, am einleuchtendsten, immer die »Leute des falschen Moments« waren, so kam das oft bloß daher, daß sie unter den andern, auch ihren Kindern und Sklaven, nicht ihren Platz fanden. Zwischendurch hob er den Blick durch das Fenster hinaus zu einer

Platane – noch mit schütterem Laub – und daneben zu einem schon völlig kahlen Gebirgsahorn, in dem dafür fast verläßlich, außer bei starkem Sturm, knospengleich die Spatzen hockten, so still, daß die daneben auf der Stelle wippenden, flatternden, ruckenden Zackenblätter vogelähnlicher waren. Das stärkste Ortsgefühl hatte er unten an der Brücke über dem Fluß, weniger angesichts der Steinbögen und des dunkel dahinziehenden Winterwassers als des Schildes auf dem Brückenzenit: RIO DUERO. Die eine der Bars auf der Schwelle hieß »Alegria del Puente«, Freude der Brücke, und sowie er das Schild las, hatte er sofort den Umweg, *rodeo*, da hinein unternommen. Aus den Uferhängen, wo sie nicht nackter Fels waren, witterten aus der Erde rundgeschliffene Gletscherblöcke heraus, an den Resten der Stadtmauern, weit draußen in der Steppe, hatte der Wind der

Jahrhunderte die gelben Sandsteine gerillt, gestriegelt, gekolkt, gemustert, und einige alte Paläste an der Plaza Mayor sah er auf Sockeln aus naturzementierten Kieseln stehen, auf den Grund damals der Gletscherseen gesunken. Im Vorübergehen ein wenig in der Landschaft lesen zu können, war erdend, und er erfuhr, in Spanien sei die Geographie immer eine Dienerin der Geschichte gewesen, der Eroberungen und Grenzziehungen, und erst jetzt werde mehr auf die »Botschaften der Orte« geachtet. Manchmal lebten gerade im Winter die Farben. Während der Himmel schwefelte, grünte darunter ein Brachacker, und auch die Pfade durch die Trümmerfelder zeigten sich moosgrün. Während sonst alles längst schon verdämmert war, bildete ein Hagebuttenbusch einen leuchtroten Bogen. Ein Elsternpaar schwirrte auf, dessen Flügel die Luft noch einmal hell machten wie schnell sich drehende

Räder. An dem Tag, da es nicht regnete, wehten um die Stadt herum kleine Staubfahnen auf, und er bekam eine Ahnung von dem Sommer hier. Wolkenschatten zogen über das kahle Hochland, wie aus dessen Untergrund gerissen – so als gäbe es Wolkenschatten zwar überall, aber hier in Kastilien sei ihre Heimat. In einer Morgenstunde war einmal kein Wind, in der klaren Sonne zeigten sich sowohl die nördliche als auch die östliche Sierra erstmals in Schnee, und obwohl beide Ketten eine kleine Flugreise entfernt waren, sah er die gleißenden Hänge gescheckt von Wolkenschatten, reglos, die windstille Stunde lang. In Gedanken war er so sehr mit dem Schnee beschäftigt, daß er sich diesen einmal vor der Haustür unwillkürlich von den Schuhen klopfte. Ein paarmal klarte auch, wenn er sich draußen durch die Einöden tastete (er schickte sich eigens dorthin), kurz der Nachthimmel auf, und um so erstaunlicher wirkte es dann, wie Kastor und Pollux ihren brüderlichen Abstand zeigten, die Venus gleißte, der Aldebaran arabisch funkelte, das W der Kassiopeia weite Schenkel machte, der Große Wagen seine Deichsel abknickte und der Hase auf der Flucht vor dem Jäger Orion waagrecht durch das Firmament schoß. Die Milchstraße mit ihren zahlreichen Delta-Zweigen war der bleiche Widerschein des Anfangsblitzes des Universums. Seltsam das Gefühl der »langen Zeit« während seines Dezembers in Soria: Schon nach dem ersten Schreibtag erblickte er unten den Fluß mit dem Gedanken: »Da ist er ja, der alte Duero!«; war ihm, als er für ein Wochenende den Rundgang vorbei an der Rio-Bar versäumt hatte, vor deren kleinem Eisenofen dann, er habe diesen grauen Zylinder »schon ewig nicht mehr« besucht; dachte er, kaum eine Woche nach seiner Ankunft am Busbahnhof vorbeimäandernd: »Hier bin ich damals mit dem Koffer in den Regen getreten!« Mitten im Sturmdröhnen unten im Steppengras das Tapsen einer Kröte. Den Platanenblättern, bevor sie abfielen, brach zuerst der Stengel, franste, drehte sich an den Fransen. Rührte der Hahn in dem Schlammgarten, wo die ungereiften Tomaten zum Fraß lagen, seine Bannerfedern hinten von selbst, oder war das der Wind? Seine Wappentiere waren freilich jene Hunde, die er am Abend hinkend, auf drei Beinen, heimirren sah: Auch ihm knickte am Ende der Tagewege in der Regel ein Knie ein. Einmal, als Soria, laut Zeitung, nicht die kälteste Stadt Spaniens war, empfand er Enttäuschung. Auf der Hauptstraße wurde ein Topf mit der roten Weihnachtsblume getragen, unter den grünen, immer noch nicht gefallenen, immer nassen Platanenblättern; keinmal in den Wochen versiegten die Teiche um die Wurzelmulden. Der

Nebel war dunkelgrau und ließ aus den Bergkiefern um so bedrohlicher die vielen weißen Kokons mit den nadelfressenden Prozessionswürmern stechen. Am Christtag regnete es so stark, daß bei seiner gewohnten Stadtdurchquerung außer ihm nur ein einzelner Spatz auf der Straße schien. Dann traten aus dem Provinzgefängnis, ohne Schirm, eine sehr kleine Frau und ihr großer Sohn und gingen über das Schlammfeld zu einer dort aufgeschlagenen Notbaracke, und er stellte sich vor, sie hätten hinter den haushohen Mauern gerade ihren Angehörigen, einen der Basken im Hungerstreik, besucht und campierten hier, bis man ihn freiließe. Am Abend blitzte es plötzlich zwischen den Regensträhnen und traf ihn mit Wucht auf Stirn und Kinn, und als er schaute, kam auch schon ein Auto mit weißem Dach von auswärts, und oben im Nachtschwarz gerieten ein paar Flocken aus ihrem Stürzen ins Schweben: »Nieve!« dachte er, unwillkürlich sein erstes Wort in Spanisch. In einer Bar erscholl, einmal ohne den üblichen zigeunerischen Vergeblichkeitston, freudig, überzeugt, im Gestus eines Boten, ein Flamencogesang, und wieder hatte er eine Vorstellung: das sei endlich die entsprechende Art – nicht die »Weihnacht«, vielmehr die »navidad«, die Geburt, zu besingen; derart erzähle einer der Hirten, was er in jener heiligen Nacht erlebt hatte, und sein Erzählen sei selbstverständlich zugleich ein Tanz. Wie überall auf der Welt sah er auch hier die Passanten, die schon beim ersten Regentropfen den immer bereiten Schirm aufspannten, und auch in die Meseta war die Mode eingezogen, daß die jungen Mädchen beim Betreten eines Lokals sich die Haare aus der Stirn bliesen. Winddonnern, wie das Startbrausen eines Flugzeugs (ein solches tatsächlich fast nie über der Stadt zu hören), in den Pappeln am Duero. Eine große Henne pickte einem kleinen Hahn, der im Dreck auf einem Bein stand, fürsorglich den Kamm aus. In einem kahlen Mandelbaum war schon ein einzelner Zweig mit weißen Blütenknospen. Die meisten der Übel, die er aus seiner gewohnten Umgebung kannte, auch die in ihm selber, blieben hier, behaust, wie er wieder einmal war von seiner Arbeit, fern, und doch konnte auf die Dauer ein Lebensgefühl, das erkannte er in Soria, nicht aus dem kommen, was abwesend war. Reif lag auf den Baumwurzeln, die einen Weg stuften. Einmal detonierte etwas draußen, während er am Tisch saß, und er hörte es als Tempelglocke.

Am Ende glaubte er, zu fast jedem Winkel der Stadt abgebogen zu sein (er memorierte diese »rincones«, als seien es Vokabeln). Vielleicht ein Hundert von Häusern betrat er, denn wie sich mit dem gewissenhaften Umherstreifen herausstellte, gab es in dem kleinen Soria weit über hundert Bars, abseits in Querpassagen, oft ohne Lokalschilder, wie so vieles in den spanischen Orten den ersten Blicken entzogen und nur den Ansässigen vertraut – gleichsam ihnen allein vorbehalten. Immer wieder fand er da an den Wänden, neben den Verlautbarungen der Jagdzeiten und den Torero-Porträts, Gedichte Antonio Machados, auch als Wandkalender, einige dann überkritzelt, eines sogar mit einem Hakenkreuz, doch, wie ihm schien, nicht aus den bekannten Gründen, sondern weil sie, jedenfalls die als Wandschmuck ausgewählten, von der Natur handelten. Zum Wundern, in wie vielen Lokalen nur Junge waren, und wie noch mehr ausschließlich, auch ausdrücklich, ohne Zutritt für sonst jemand, Altenbars (mit einem Tisch in der Ecke für die alten Frauen): dem Augenschein nach ein stärkeres Getrenntsein als gleichwelches politisches. Die meisten Pensionisten der Provinz verbrachten hier in der Kapitale ihre »Jubel«-Jahre, und wenn sie in ihren Bars nicht Karten spielten, saßen sie für sich still am Tisch oder kramten und stöberten unaufhörlich auf der Suche nach etwas in den Räumen herum. Jung und Alt und er, der Landfremde, dazu: Gleichermaßen bleich lagen ihrer aller Winterhände auf den Theken, während im Laternenschein draußen sich zum Beispiel in einer Betonmauer die Schrammen zeigten, hinterlassen von dem niederstürzenden Stahlgerüst, das damals bei seiner Ankunft die zwei Passanten erschlagen hatte.

Neben seiner Lust an der Variante dieser so gleichförmig erscheinenden Orte trieb es ihn auch, gerade in Soria eine Jukebox zu finden, zuerst wohl wieder aus Zwang, später aber mehr und mehr, weil jetzt die richtige Zeit für sein Spielwerk gewesen wäre: Arbeit, Winter, die Abende nach den langen Wegen im Stromregen. Einmal, schon weit draußen an der Carretera nach Valladolid, hörte er dort in der Landstraßenbar ein tiefes Tönen, das dann freilich bloß zu einem Flipper mit Geisterbahnstationen gehörte; in einer Tankstellenbar sah er die Aufschrift WURLITZER – auf einem Zigarettenautomaten; in einem Abbruchhaus des *casco*, des Stadtkerns, von Soria, rundum nur Schuttgruben, erblickte er in der andalusisch gekachelten Bar dort die Wähltafel eines uralten Marconi-Geräts, eines Vorläufers der Jukebox, als bloße Wandzier; das einzige Mal, daß er in Soria sein Ding zu Gesicht bekam, war im Kino »Rex«, in einem englischen Film, der zu Anfang der sechziger Jahre spielte: Da stand es, im Hinterzimmer, für den Moment, in dem der Held auf dem Weg zum Pissoir daran vorbeiging. Die einzige sozusagen lebende Jukebox in Spanien blieb für ihn die aus Linares,

Andalusien. Auch damals, im Frühjahr, hatte er so ein Spielwerk nötig gehabt: Arbeit, Getöse der Osterwoche. Jene Jukebox, auf die er erst kurz vor der Abfahrt gestoßen war, die Suche längst aufgegeben, begrüßte ihn im Souterrain einer Seitenstraße. Ein Lokal von der Größe eines Abstellraums, kein Fenster, nur die Tür. Unregelmäßig geöffnet, und wenn, nur am Abend, aber auch dann das Schild oft unbeleuchtet – es war an der Tür zu probieren, ob etwa ausnahmsweise Betrieb war. Der Inhaber ein alter Mann (das Hauptlicht einschaltend erst, wenn ein Gast kam), mit der Jukebox meist allein. Diese hatte die Seltsamkeit, daß alle Wählschilder leer waren, ähnlich einer Klingeltafel unten an einem Hochhaus, bei der sämtliche Namen fehlen; wie das ganze Lokal dem Anschein nach stillgelegt; die Buchstaben-Ziffern-Kombinationen allein, am Kopf dieser Leerstreifen. Dafür waren aber an die

Wand überall, kreuz und quer, bis zur Decke, Plattenhüllen geheftet, handschriftlich die zugehörigen Chiffren bei den Titeln, und so, nachdem der Automat, jeweils erst auf Verlangen, eingeschaltet war, konnte die gewünschte Platte – der Bauch des wie ausgeweideten Dings erwies sich als voll davon – in Gang gesetzt werden. So viel Raum war auf einmal, mit dem monotonen Wummern tief innen im Stahl, in dem kleinen Unterstand, so viel Ruhe breitete sich aus an jenem Ort, inmitten der spanischen und der eigenen Getriebenheit. Das war in der Calle Cervantes von Linares, mit dem aufgelassenen Kino gegenüber samt dem Schriftrest »Estreno«, Erstaufführung, und den Zeitungsknäueln und Ratten im vergitterten Vorraum, zu der Zeit, als auf den Steppen außerhalb der Stadt die hartköpfigen Steppenkamillen blühten, und mehr als dreißig Jahre, nachdem in der Arena von Linares

Manuel Rodriguez, genannt Manolete, von einem Stier getötet worden war. Ein paar Schritte unter dem Lokal, welches *El Escudo*, Das Wappen, hieß, war das chinesische Restaurant von Linares, manchmal für den Auswärtigen ein ähnlicher Ort der Ruhe da wie die Jukebox. Auch in Soria begegnete ihm dann, überraschend, ein wie verstecktes chinesisches Restaurant, es wirkte geschlossen, doch die Tür ging auf, und als er es betrat, wurden die großen Papierkugellampen eingeschaltet. Er blieb an dem Abend der einzige Gast. Nie hatte er in der Stadt die asiatische Familie gesehen, die hier an dem langen Ecktisch aß und dann in die Küche verschwand. Einzig das Mädchen blieb und bediente ihn stumm. An den Wänden Bilder der Großen Mauer, von der das Lokal seinen Namen hatte. Seltsam, als aus der Schüssel mit der dunklen Suppe beim Eintauchen des Porzellanlöffels die hellen Köpfe der Sojasprossen schauten, hier in dem kastilischen Hochland, wie die Figuren aus einem Zeichentrickfilm, während im Nachtsturm vor dem Fenster die Pappelruten klickten. Das junge Mädchen, sonst untätig, malte am Nebentisch chinesische Zeichen in ein Heft, dicht auf dicht, in einer Schrift viel regelmäßiger als die seine in diesen Wochen (nicht nur die Sturmstöße, der Regen und die Dunkelheit beim Notieren im Freien, seit er am Tun war, hatten sie derart verzogen), und während er ihr, die in dieser Gegend, in diesem Spanien, doch unvergleichlich fremder sein mußte als er, immer weiter zuschaute, spürte er mit Staunen, daß er jetzt erst wirklich aufgebrochen war von dort, wo er herkam.

Peter Handke
Sein Werk im Suhrkamp Verlag

Abschied des Träumers vom Neunten Land. Eine Wirklichkeit, die vergangen ist: Erinnerung an Slowenien. Mit Zeichnungen des Autors. Bütten-Broschur

Die Abwesenheit. Ein Märchen. Leinen und st 1713

Als das Wünschen noch geholfen hat. Fotos von Peter Handke. st 208

Die Angst des Tormanns beim Elfmeter. Erzählung. BS 612 und st 27

Begrüßung des Aufsichtsrats. st 654

Der Chinese des Schmerzes. Leinen und st 1339

Chronik der laufenden Ereignisse. st 3

Das Ende des Flanierens. st 679

Falsche Bewegung. st 258

Gedicht an die Dauer. BS 930

Die Geschichte des Bleistifts. st 1149

Das Gewicht der Welt. Ein Journal (November 1975 – März 1977). st 500

Der Hausierer. Roman. Engl. Broschur und st 1959

Die Hornissen. Roman. st 416

Ich bin ein Bewohner des Elfenbeinturms. st 56

Die Innenwelt der Außenwelt der Innenwelt. es 307

Kaspar. es 322

Kindergeschichte. Engl. Broschur und st 1071

Der kurze Brief zum langen Abschied. Engl. Broschur und st 172

Langsam im Schatten. Broschur

Langsame Heimkehr. Erzählung. Leinen und st 1069

Langsame Heimkehr. 4 Bände in Kassette.

Langsame Heimkehr. Die Lehre der Sainte-Victoire. Kindergeschichte.

Über die Dörfer. st 1069-1072

Die Lehre der Sainte-Victoire. Engl. Broschur und st 1070

Die linkshändige Frau. Erzählung. Engl. Broschur und st 560

Nachmittag eines Schriftstellers. Erzählung. st 1668

Peter Handke. Prosa. Gedichte. Theaterstücke. Hörspiel. Aufsätze. Sonderausgabe. Kartoniert

Phantasien der Wiederholung. es 1168

Publikumsbeschimpfung und andere Sprechstücke. es 177

Der Ritt über den Bodensee. es 509

Das Spiel vom Fragen oder Die Reise zum Sonoren Land. Engl. Broschur

Stücke 1. st 43

Die Stunde da wir nichts voneinander wußten. Ein Schauspiel. Engl. Broschur

25/1/2.92

Peter Handke
Sein Werk im Suhrkamp Verlag

Die Stunde der wahren Empfindung. Leinen, BS 773 und st 452
Über die Dörfer. Dramatisches Gedicht. Engl. Broschur und st 1072
Die Unvernünftigen sterben aus. st 168
Versuch über den geglückten Tag. Ein Wintertagtraum. Leinen
Versuch über die Jukebox. Erzählung. Leinen
Versuch über die Müdigkeit. Leinen
Die Wiederholung. Leinen, BS 1001 und st 1834
Wind und Meer. Vier Hörspiele. es 431
Wunschloses Unglück. Erzählung. BS 834 und st 146

Übersetzungen

Aischylos: Prometheus, Gefesselt. Übertragen von Peter Handke. Broschiert

Emmanuel Bove: Armand. Roman. Aus dem Französischen von Peter Handke. BS 792

– Bécon-les-Bruyères. Eine Vorstadt. Aus dem Französischen von Peter Handke. BS 872

– Meine Freunde. Aus dem Französischen von Peter Handke. BS 744

Georges-Arthur Goldschmidt: Der Spiegeltag. Roman. Aus dem Französischen von Peter Handke. Gebunden

Gustav Januš: Gedichte 1962-1983. Aus dem Slowenischen von Peter Handke. BS 820

Florjan Lipuš: Der Zögling Tjaž. Roman. Aus dem Slowenischen von Peter Handke zusammen mit Helga Mračnikar. st 993

Patrick Modiano: Eine Jugend. Aus dem Französischen von Peter Handke. BS 995

Walker Percy: Der Idiot des Südens. Roman. Deutsch von Peter Handke. Gebunden und st 1531

– Der Kinogeher. Roman. Deutsch von Peter Handke. BS 903

Francis Ponge: Das Notizbuch vom Kiefernwald und La Mounine. Deutsch von Peter Handke. BS 774

William Shakespeare: Das Wintermärchen. Deutsch von Peter Handke. Gebunden

Editionen, Vorworte und Nachworte

Nicolas Born: Gedichte. Herausgegeben und mit einem Nachwort versehen von Peter Handke. BS 1042

Franz Michael Felder: Aus meinem Leben. Mit einer Vorbemerkung von Peter Handke und einem Nachwort von Walter Methlagl. st 1353

25/2/2.92